Le cœur à l'outrage

HK

Le cœur à l'outrage

Riveneuve éditions

Du même auteur chez Riveneuve Éditions :

Néapolis. 208 pages, 10 €, 2014

J'écris donc j'existe. 160 pages, 10 €, 2012

ISBN : 978-2-36013-437-3

85, rue de Gergovie, 75014 PARIS
www.riveneuve.com

« Le vrai rêveur
est celui qui rêve de l'impossible. »

Elsa Triolet

Prologue

Ils sont nés

Ils sont nés tous les deux une nuit de novembre, dans les bras l'un de l'autre

Ils sont venus au monde un de ces jours maudits dévastés par la peur
Et la Terre un instant aurait tellement aimé retenir son souffle, et puis ne plus tourner
Et le temps, même lui, doit se sentir coupable de ne s'être arrêté

Ils sont nés à Paris un vendredi 13
Dans un petit troquet, au coin d'une rue calme
D'un quartier populaire
Ils sont nés entourés de quelques gens tranquilles
Des gens sans histoires, d'illustres anonymes

Des Parisiens !
Oh, pas de ceux que vous croiserez
De jour ou à la nuit tombée
Sur les grands boulevards ou sur les Champs-Élysées
Des gens modestes, comprenez

Le cœur à l'outrage

Certains, il y a longtemps, ont vu le jour dans cette ville
D'autres sont venus d'Asie, d'Afrique, d'Europe de l'Est ou du Sud
Ou d'où que l'on puisse venir quand on n'est pas né ici

Des êtres humains
Probablement eux-mêmes enfants
Parents, ancêtres ou descendants
D'exilés ou de migrants
Sédentaires ou voyageurs seulement de passage

Le cri des nouveaux-nés, l'avez-vous entendu ?
Au milieu du fracas, des milliers d'autres cris
Et des vitres en éclairs, et des éclats de vie

Seront-ils nés pour rien ?
Auront-ils un répit ?
Une deuxième chance, un autre rendez-vous ?

Au-dessus d'une table
Entre les verres, les assiettes, et les téléphones portables
Leurs coudes s'étaient posés
Leurs mains s'étaient croisées, et tout comme leurs grands yeux
Ne pouvaient se quitter

C'est alors qu'ils pensaient chacun sans le dire
Que la nuit serait longue à n'en jamais finir

D'une minute à l'autre, ils quitteront les lieux
Dans les rues de Paris, puis sur les quais de Seine
Ils marcheront un peu, ils rejoueront la scène
De ces deux drôles d'oiseaux qui se croient seuls au monde
Et qui courent, et qui volent, et qui piaillent de rire

Le cœur à l'outrage

Et puis après peut-être
Si le cœur leur en dit, s'ils trouvent un bel endroit
Un beau plancher en bois
Et puis un bel orchestre
De la bonne musique
Ils s'en iront danser

Bien plus tard dans la nuit
Ils rentreront chez elle
Ou chez lui, peu importe
Ils ne s'arrêteront pas sur le pas de la porte
Amants fous, âmes en fleur
Ils s'aimeront des heures
Ils s'aimeront encore aux premières aurores
Et le croissant de lune, et l'étoile du matin, s'endormiront alors
Leurs cœurs battront si fort, et leurs souffles bruyants
Pourront-ils entendre ?

Le monde va mal
Et les oiseaux rêveurs
Feraient bien de trouver très vite un autre ailleurs
Une autre planète
Pour voir leurs amours naître

Oui monsieur, oui madame, croyez-moi, ils sont nés !
D'une façon soudaine, tous deux prématurés
Projetés sur le sol, l'un tout contre l'autre

Ils sont nés à Paris une nuit de terreur
Oh non, Paris n'est pas le centre du monde
Et la vie et la mort ont élu domicile
Un peu partout sur cette Terre

S'ils avaient pu choisir, seraient-ils nés la veille
Du côté de Beyrouth ?

Chapitre 1er

Elsa et Mohamed

Il s'appelle Mohamed. Il est venu au monde au premier jour de l'été 1988, à Valenciennes. Né en France de parents tunisiens, il est ce qu'on appelle un « bi-national ». Fils d'un ouvrier et d'une mère au foyer, cinquième enfant d'une famille qui en compte six, assez grand et relativement mince, on peut dire de lui que c'est un garçon débrouillard et inventif. Il a la tchatche comme on dit dans le quartier ! Toujours souriant au milieu de ses frères de galères, c'est souvent lui qui trouve le bon mot, la bonne idée, que ce soit pour vanner un pote ou épater un professeur. Oui ! Mohamed est aussi très bon élève : d'un naturel ouvert, volubile et curieux, il sait quand il le faut, se montrer studieux, organisé et besogneux.

Au sein de sa famille nombreuse où les liens sont forts et constants, Mohamed a tout pour être heureux : il est aimé et il aime ses sœurs, ses frères, ses parents, ses oncles, ses tantes, ses cousines et ses cousins... et puis sa grand-mère, presque centenaire ! Mais depuis l'âge de quinze ans, il ne pense qu'à une seule chose : obtenir son baccalauréat avec la plus belle des mentions, pour ensuite « descendre à Paris ! » Ses parents préféreraient le voir « monter à Lille » : ce serait beaucoup plus simple pour lui comme pour eux, il n'aurait pas de soucis d'argent ou de logement ; et puis, « il y a de bonnes écoles à Lille ». Mais non, son avenir, il l'envisage dans la capitale ! Se sentirait-il un peu trop à l'étroit là-haut, dans cette petite banlieue de Valenciennes ? Ou peut-être, comme le lui disent souvent ses amis, a-t-il les rêves un peu trop grands ?

Ses rêves, parlons-en ! Monsieur Mohamed se dit poète !

Il écrit, et pas seulement à ses heures perdues. Il écrit depuis l'âge de treize ans, chaque jour, des textes de toutes sortes : des citations, des histoires, des poèmes, des pensées... qu'il compile dans des petits cahiers, qu'il empile sur son petit bureau, au fond de la petite chambre qu'il partage avec son petit frère.

Monsieur Mohamed s'autorise à penser qu'il pourrait, et pourquoi pas un de ces jours voir son nom tout là-haut tutoyer ceux de Rimbaud, d'Apollinaire, de Hugo, d'Aragon et de Prévert... Rien que ça ! Mohamed Gouja (Gouja sans « t » comme il aime souvent à le rappeler), « quel drôle de nom pour un poète français ! » Ce genre de préjugés, Mohamed n'en a que faire, au contraire il les sait répandus dans certains esprits un peu trop étriqués. Ça lui donne beaucoup de force et de motivation.

Il va à Paris ! Pour y faire de longues études et intégrer les plus grandes écoles, rendre ses parents fiers, eux qu'il a si longtemps vu travailler d'arrache-pied, humblement, sans jamais se plaindre. Il va à Paris ! Pour étancher une grande soif de liberté et d'indépendance. Et pour tout ça, il est prêt à bien des sacrifices. Quitter la maison familiale, devoir enchaîner les petits boulots en plus de ses études, ce n'est pas exactement le genre de choses qui l'effraient.

Elle s'appelle Elsa. Elle est née à Dieppe, au printemps de l'an 1989, d'un père boulanger et d'une mère couturière. Deuxième fille d'une famille de trois enfants, elle est d'un naturel discret et réservé. Elle est celle qu'on ne voit ni n'entend jamais, « ah bon, tu étais là !? », voilà très exactement le genre de phrases auxquelles elle a été habituée toute son enfance. Rêveuse et solitaire, elle vit dans son monde, à part, les yeux souvent levés vers le ciel ou tournés vers un horizon lointain. Elle aime regarder là où personne ne regarde, voir ce que personne ne voit, elle cultive sa différence, naturellement, sans y penser. Elle aime lire aussi : des romans, des recueils de poésie, des bandes dessinées...

Elsa est douée dans tout ce qu'elle entreprend, travailleuse qui plus est, et créative. Elle a juste, peut-être un tout petit problème : elle ne sait pas ce qu'elle veut faire de sa vie ! Un problème ? Elle vous parlerait plutôt d'opportunité ! Elle se dit que tant qu'on n'a pas choisi, c'est qu'on ne s'est pas trompé. Et Elsa déteste se tromper ! Elle a toujours du mal à se décider, même pour la plus futile des choses. C'est ainsi : il lui faut sans cesse peser le pour et le contre, contrebalancer les arguments contraires, confronter les différents points de vue possibles, faire le point sur la situation... pour au final, en général mon général, être en retard !

Mais s'il y a bien une chose dont elle est absolument certaine, c'est Paris ! Paris, et tout ce qu'elle a pu en lire ! Paris où, paraît-il, l'encre coule encore à flot dans la Seine. Cette ville qui a fasciné les plus grands, cette ville qui vous avale et vous recrache en un instant. Paris, où se croisent petits chemins, rues étroites, squares et grands boulevards... Elle se dit que s'il y a un endroit au monde où elle pourra rencontrer son destin, c'est là-bas et nulle part ailleurs. Excellente élève, elle obtient son bac avec les félicitations du jury. C'est ainsi qu'elle décroche une bourse et qu'en septembre 2007 elle débarque dans la capitale pour s'en aller étudier les lettres modernes à la Sorbonne.

Ah oui, j'oubliais de vous dire : Elsa est jolie, très jolie. Et Mohamed a... comment dire ? le charme fou du tchatcheur maladroit et faussement sûr de lui.

Chapitre 2

On le saura quand on y sera

C'est donc à Paris qu'Elsa et Mohamed se rencontrent ! Ils sont inscrits dans la même université, fréquentent les mêmes amphis, la même année… C'est ainsi qu'un jour, entre deux cours, dans un café à l'angle d'une rue, ils commencent à se parler le plus naturellement du monde. Ils viennent l'une et l'autre d'un milieu modeste, elle fille d'artisan et lui fils d'ouvrier, c'est peut-être ça qui les rapproche. Très vite ils deviennent copains, puis de véritables amis.

Quelques semaines après son arrivée dans la capitale, Mohamed, débrouillard et original comme toujours, se trouve un petit boulot : une quinzaine d'heures par semaine dans une boutique littéraire faisant à la fois office de librairie et de maison d'édition ! Le jour où, fier et heureux, il annonce la grande nouvelle à Elsa, elle ne peut s'empêcher de lui demander : « Mais comment as-tu fait ? »

« Quand je suis arrivé à Paris le premier jour, après avoir déposé toutes mes affaires dans ma chambre, j'ai fait le tour du quartier, et j'ai vu une petite librairie qui portait un drôle de nom. J'y suis entré par curiosité, et j'ai tout de suite adoré ce lieu ! Les jours qui ont suivi, j'y suis retourné deux, trois fois, comme ça pour le plaisir d'ouvrir un livre, sans jamais rien acheter. Le gars et la fille qui travaillaient là avaient l'air plutôt sympa. Un jour, je me suis dit : « Ce serait vraiment génial si tu pouvais bosser dans un endroit comme celui-là ! », et puis, tu vas peut-être trouver ça étrange, mais il y avait comme une petite voix qui me disait « Mohamed, cet endroit est fait pour toi ! » Trois jours après, je suis repassé par-là à l'heure du déjeuner, la librairie était fermée, mais il y avait des gens à l'intérieur. J'ai frappé à la porte et j'ai attendu un peu. C'est le vendeur qui est venu m'ouvrir, le gars sympa que j'avais croisé plusieurs fois, et qui m'avait même conseillé un livre quelques jours auparavant. Je lui ai demandé à voir le directeur, ça l'a fait rire ! Et puis, en s'approchant de moi comme pour me faire une confidence, il m'a dit à voix basse : « Je crois que le directeur est juste en face de vous ». Alors je lui ai parlé de moi, de mes études, de mes passions, de mon rêve de publier un jour un roman ou un recueil. Ensuite je lui ai dit que je serais vraiment très heureux de pouvoir travailler dans les métiers du livre, que ça me permettrait peut-être d'entrer dans ce monde par la petite porte, de m'y faire une place l'air de rien : « Alors voilà, sait-on jamais, si vous aviez besoin de quelqu'un pour aider à ranger, faire du tri, chercher des courriers, faire le ménage, accueillir et conseiller les gens, répondre au téléphone, ou je ne sais quelle autre tâche qu'elle soit ingrate ou gratifiante, je suis votre homme ! » Là encore, il a ri. Je crois qu'il ne me prenait pas très au sérieux. Il m'a dit que je pouvais toujours lui déposer un CV et qu'il n'hésiterait pas à me rappeler si besoin. Je lui ai alors laissé mes coordonnées, mais surtout, je lui ai donné un texte que je venais d'écrire en lui expliquant que j'avais voulu rendre hommage à ce bel endroit, et à son nom, si particulier. Juste avant de lui dire au revoir, j'ai pris l'air du gars sûr de lui, et je lui ai lancé : « Vous pouvez prendre ce texte comme une lettre de motivation ». Il a ri de plus belle en me disant que je ne manquais vraiment pas de culot.

Le cœur à l'outrage

Il y a au coin de ma rue une petite boutique
Chaleureuse et accueillante
Créative et bouillonnante
Improbable et déroutante
Incroyablement surprenante
Son histoire je vous la livre
C'est vrai qu'elle ne manque pas de sel
Elle est de celles qui vous enivrent
De celles qui vous ensorcellent

Quand Paris est sous la brume
Quand il pleut, quand il fait froid
Quand j'ai mal à mon stylo-plume
Quand mon crayon reste de bois

Je sais qu'il y a un endroit
Où il fait bon passer le temps
Tourner les pages du bout des doigts
En chuchotant du bout des lèvres

« L'Épicerie des poètes ! »
En voilà un drôle de nom
En voilà une drôle d'idée
Pour qui voudrait se sustenter

Pas de quoi se remplir la panse
Est-ce donc un drame ?
Abreuver et nourrir son âme
C'n'est pas si mal quand on y pense
Une pincée de rêves en grand
Deux, trois, quatre bouteilles en vers
Des récits jetés à la mer
Quelques paquets de mots futiles
Quelques pieds sous la lampe à huile
Et des biscuits de poésie
À grignoter toute la nuit

Le cœur à l'outrage

Oui ! Le poète est une espèce en voie de disparition
L'épicier, lui, subit la loi de la grande distribution
Tous les deux, c'était écrit, un beau matin, se sont alliés
« Hey l'ami, ça te dirait de devenir mon associé ? »

Ils se sont tapés dans la main
Et ici même vous le voyez
Sans attendre le lendemain
Leur nouvelle vie a commencé

À « l'Épicerie des poètes », pour trois sous
Que l'on soit sobre, que l'on soit saoul
On peut s'enivrer sans faim
Enfin, s'abreuver de mots fins
Délicatement choisis pour leur beauté
Soigneusement triés, et mille fois pesés

Des mots qui parlent
Des mots qui chantent
Des mots malins qui jamais ne s'emmêlent
Non mais ! De quoi je me mêle
Oui c'est vrai, Monsieur l'agent, je vous l'avoue
Je m'y rends parfois discrètement, à pas de loup
Et j'erre, l'air de rien, dans les rayons
J'ouvre un bouquin, je m'assure qu'il n'y ait personne à l'horizon
Et je pique !

Oui ! Je pique des mots-clés, des vers et des idées
Je pique des histoires entières
Pas plus tard qu'avant-hier !
Je pique et je picore, ce n'est pas bien, oui je le sais
Mais n'est-ce pas Lavoisier qui disait
Que rien ne se perd et rien ne se crée !?
Puis-je vous livrer un secret ?

Le cœur à l'outrage

À « l'Épicerie des poètes » me croirez-vous ?
Un jour de grande tempête, j'y ai croisé un homme fou
À ce chapitre de sa vie, il nourrissait l'ambition
De réciter des poésies et de chanter des chansons

- Monsieur est un poète, Monsieur est un artiste ?
- Non, monsieur est rêveur
Et je n'crois pas en vérité que le rêve soit proscrit
Le rêve c'est là tout ce qu'il nous reste !
- Non ! Les mots, Monsieur ! Il nous reste les mots !
Un mot, c'est gratuit ; un mot, c'est donné à tout le monde
- Et pourtant, un mot, un seul peut vous coûter si cher !
- Les lettres ! Pas celles de noblesse
Les belles, les imprudentes, les merveilleuses enchanteresses
Des lettres pour tout le monde, des lettres grandes ouvertes

L'encre !
Non pas celle qui nous attache
Pas celle qui fait tache ou qui nous fait ombrage
L'encre du voyage, qui nous emmène sous d'autres cieux
L'encre qui te dessine, toi l'encre de mes yeux

Le papier ! Il nous reste le papier
Pas le petit billet vert, jaune, bleu ou gris selon la mode ou le pays
Non la page vierge qui ne demande qu'à parler, qu'à recevoir et à donner
« Petites lettres à grandes ailes, soyez toutes les bienvenues
Vous qui venez de si loin, vous qui en avez tant vu
Posez-vous mesdemoiselles, quelques instants dans mon refuge
Donnez-moi des nouvelles du ciel, de la Lune et du déluge »

Et puis il y a les livres, il nous reste les livres
Ceux qui nous prennent, et nous enlèvent
Quelques instants, par-ci, par-là, loin de la loi du « marche ou crève »
Et qui nous disent : « assieds-toi là et lis un peu
Arrête-toi, ouvre les yeux
Et vois le monde tel qu'il n'a jamais été, tel qu'il n'est plus
Ou tel qu'il n'est pas encore »

Oui ! À « l'Épicerie des poètes » vous trouverez un peu tout ça
Et puis qui sait, un jour peut-être, croyez-moi autant que j'y crois
Vous pourrez lire ces quelques vers signés Mohamed Gouja

Un mois après il me rappelait et demandait à me voir !

Son jeune stagiaire venait de finir son contrat. Il me dit qu'en attendant de trouver quelqu'un d'autre, il voulait bien me prendre à l'essai un mois, en me faisant un petit contrat très symbolique ; et qu'en effet, malheureusement, les tâches qu'il allait me confier ne seraient pas toujours très gratifiantes. »

Le directeur s'appelle Gilles Dubois. Pas sûr en vérité qu'il ait grand besoin de quelqu'un. Peut-être a-t-il été bluffé par le panache du jeune homme. Peut-être a-t-il été charmé par son audace ou par sa plume. Peut-être a-t-il tout simplement apprécié le bel hommage rendu à son « Épicerie des poètes ».

Monsieur Gilles Dubois est-il lui-même un de ces doux rêveurs croyant encore aux histoires impossibles ? En embauchant Mohamed, parie-t-il sur un avenir improbable ?

Espère-t-il qu'au-delà de ce « mois d'essai pour commencer », ils pourraient marcher ensemble de longues années ?

Après avoir attentivement écouté Mohamed lui raconter sa drôle d'histoire, Elsa prononce ces quelques mots, dans un sourire incrédule : « Toi, tu es décidément quelqu'un de surprenant ! »

Surprenante, Elsa sait l'être elle aussi ! Et plus d'une fois, il lui est arrivé de prendre Mohamed au dépourvu, comme par exemple, cette nuit-là :

Ils se connaissent depuis près de deux ans et ils sont déjà très bons amis. Alors qu'ils ont cours le lendemain à huit heures tapantes, Mohamed reçoit un texto de la part d'Elsa : « Tu dors ? » Il est presque minuit. Il lui répond d'abord par un « oui » laconique, puis il s'empresse d'ajouter dans un autre message : « Ça va ? Tu as un problème ? »

- Non, non. C'est juste que je n'arrive pas à dormir, je me disais que ça devait être à cause de la pleine lune. Je voulais vérifier si ce n'était que moi ou si d'autres avaient aussi du mal à fermer l'œil.

- Et donc ?

- Je ne sais pas, tu es le premier à qui j'ai écrit.

- Quel honneur !

- Je crois que je vais aller me balader un peu, une petite heure, dans les rues de Paris. Ça te dit ?

Sur le coup, Mohamed ne sait pas quoi répondre. Il trouve l'idée complètement folle, mais c'est vrai qu'il aime la compagnie d'Elsa...

« Alors, oui ? Non ? Peut-être ? »

Il lui fait remarquer qu'elle est sans doute, un peu tarée et qu'au cas où elle l'aurait oublié, ils n'habitent pas vraiment dans le même secteur. Elsa finit alors par invoquer Prévert comme juge de paix : « Paris est tout petit ! »

C'est ainsi qu'à minuit trente-cinq très précisément, la place de l'Hôtel de ville les voit débarquer sur leurs vélos. Et les voilà déjà à rejouer la traversée de Paris dans les rues désertes d'une nuit d'automne, sous l'œil hilare d'une lune presque pleine. Parce que oui, en effet, Elsa n'est pas du genre très à cheval sur la précision des éphémérides.

Mohamed suit Elsa qui file à grande vitesse dans la descente, penchée sur son guidon, à la manière d'un coureur cycliste. À un moment il se porte à sa hauteur et lui demande :

- Mais on va où ?

- Là où on doit aller !

- Et c'est où là où on doit aller ?

- On le saura quand on y sera !

Ces répliques resteront célèbres dans le livre de leur histoire commune. Elles sont une philosophie de vie à elles toutes seules et collent assez bien à leur relation : ils ne savent pas où ils vont, mais ils filent à grande vitesse... ensemble.

Entre eux deux cette nuit-là, il n'y aura ni baisers, ni geste tendre ; au moment de se séparer, sur les coups d'une heure et demie du matin, ils se tapent tout simplement dans la main, en se disant « À tout à l'heure ! »

Chapitre 3

Rendez-vous à Carthage

S'aimeront-il quelques mois plus tard à Tunis ? Le vendredi 17 décembre 2010, Mohamed se trouve en Tunisie. Il s'y est rendu quelques jours auparavant suite au décès de son oncle Ayman. Ayman était père de quatre enfants, tous très proches de Mohamed et de sa sœur Zohra. Tous les deux se sont donc fait un devoir d'accompagner leurs parents pour assister aux funérailles, puis ils ont décidé de rester avec eux quelques jours supplémentaires « au pays ».

À l'heure des informations, alors qu'une partie de la famille est campée devant la télévision pendant que d'autres s'affairent ici et là ; ce n'est pas sur la première chaîne tunisienne qu'on peut entendre parler du jeune vendeur ambulant de fruits et légumes, qui ce matin-même, après s'être fait confisquer sa marchandise par des policiers municipaux, s'est aspergé d'essence puis s'est immolé devant le siège du gouvernorat. En effet, au moment où des rassemblements en soutien au jeune homme commencent à avoir lieu sur place, la grande chaîne publique du pays diffuse un documentaire animalier ! C'est d'ailleurs à peu près la seule chose qu'elle montrera pendant un mois, à toute heure, en continu : des éléphants, des souris, des araignées, des fourmis, des abeilles, des hippopotames, des gazelles, des iguanes et des serpents ! Le Président Ben Ali se prendrait-il pour le Roi Lion ?

Dans les jours qui suivent, les manifestations hostiles au pouvoir se multiplient, à Sidi Bouzid, à Kasserine, et dans toutes les régions du sud et de l'ouest. Ben Ali, sentant le vent tourner, demande à la police de faire le sale boulot. La répression est dure et sanglante, provoquant des centaines de blessés graves et des morts par dizaines.

Mohamed, un peu crâneur et peut-être inconscient aussi, n'attend pas bien longtemps avant de se mêler activement aux évènements. Le 19 décembre, accompagné de son cousin Mounir, autre tête brûlée de la famille, il n'hésite pas à faire plus de trois heures de route en voiture pour se rendre à Sidi Bouzid. Si vous retrouvez des images de ces premières manifestations, il n'est pas impossible que vous l'aperceviez au beau milieu de la foule, lui et sa grande carcasse malhabile, tenant à bout de bras une pancarte avec écrit dessus : « DÉGAGE ! »

Ça lui est venu comme ça, le matin-même sur le chemin menant à la grande révolution. L'histoire ne dit pas si d'autres avant lui en ont eu l'idée, toujours est-il que, très vite, aux quatre coins de la Tunisie profonde, on voit fleurir ce mot : il est écrit, il est scandé, il est peint sur les murs, il est chanté. Plus qu'un slogan, il résonne dans le pays comme un véritable mot d'ordre. Il s'adresse au président Ben Ali bien sûr, et à son clan tout entier. Il faut donc comprendre : « DÉGAGEZ ! »

La contagion met un peu plus de temps avant d'atteindre la capitale, et pour cause ! Les ordres donnés aux policiers sont on ne peut plus clairs : « Aucune manifestation dans Tunis ». Il ne leur est pas demandé de faire preuve de retenue, au contraire, on exige d'eux qu'ils remplissent leur mission « par tous les moyens nécessaires ». Des gens rassemblés par milliers sur l'avenue Bourguiba, criant comme un seul homme « Ben Ali Dégage », cette image, cette scène, ne doit pas voir le jour. Le président fait tout ce qu'il peut pour empêcher cela, allant même jusqu'à poster des snipers sur les toits des immeubles.

Et pourtant, partout où plus de deux personnes peuvent se rencontrer et se parler : dans la rue, dans les cafés, les marchés et les universités, Tunis grouille, Tunis gronde, Tunis s'impatiente ! La toile, quant à elle, devient une arme de communication massive : les réseaux sociaux, en ébullition, font circuler les informations, les images, les mots d'ordres, les dates et lieux de rendez-vous, les appels à manifester...

Mohamed sait-il ce qu'il risque à chaque fois qu'il brandit fièrement sa pancarte ? Ici dans une réunion, là dans un rassemblement, parfois même dans les rues de Tunis. Pas une seule fois il ne se fait interpeler, pas une seule fois il ne se fait arrêter et molester... Doit-on remercier sa bonne étoile pour passer ainsi entre les gouttes, au moment même où tant d'autres se font prendre dans les filets de la répression pour bien moins que ça ?

Ce qui est vrai, c'est qu'il n'a jamais cherché l'affrontement avec les forces du régime, les fuyant même à chaque fois qu'il le peut. En effet, malgré son immense courage, notre héros souffre d'un léger petit défaut, certains diront d'une grande qualité : il tient à la vie ! L'idée de devenir un martyr de la révolution ne lui effleure jamais l'esprit. Il n'est pas là pour se prouver quoique ce soit, en approchant d'un peu trop près des policiers sommés de tirer à balles réelles. Pour lui, l'objectif est tout autre : « opérer la contagion ! »

Mohamed s'est juré de ne pas rentrer en France avant la fin de la révolution. Cette histoire est désormais la sienne, il fait partie du film. Certes il n'en est pas un des acteurs principaux, mais il se plait dans le rôle de la « petite fourmi », il aime l'idée de n'être qu'un parmi des millions. Il se sent investi d'une mission qu'il compte bien mener jusqu'à son terme, il se dit prêt à rester en Tunisie « trois mois et même plus s'il le faut ! ». Le 23 décembre, il appelle Gilles, son directeur. Mohamed veut se renseigner sur les éventuelles conséquences d'un séjour prolongé. Devrait-il dans ce cas se trouver un nouveau job ?

Son patron, très compréhensif, lui dit que les quinze premiers jours de janvier seront de toute façon assez calmes, mais qu'il compte bien que Mohamed soit présent et opérationnel le lundi 17 janvier au matin. S'ensuit une discussion très constructive entre ces deux hommes qui ont beaucoup d'estime l'un pour l'autre. Gilles apprécie la bonhomie de Mohamed, sa façon de faire les choses avec sérieux et méthode, sans jamais en avoir l'air. De son côté, Mohamed peut mesurer au quotidien la grande confiance que lui accorde Gilles ; il n'est pas rare en effet qu'il lui confie la gestion d'un dossier important, en lui laissant volontiers une très grande liberté d'action.

Au cours de leur discussion téléphonique, Mohamed prend le temps d'expliquer pourquoi il se sent obligé de rester sur place. Gilles comprend très vite et répond qu'il a lui-même fait pas mal de manifestations dans sa vie, « même si aucune d'entre elles n'a été d'une telle ampleur », et qu'à son âge il en aurait sans aucun doute fait de même. Il sait pertinemment que le sort d'une petite boutique ne pèse pas bien lourd face au soulèvement de tout un peuple, mais avec un brin de malice et un sens de la formule assez prononcé, il rappelle à Mohamed qu'à « l'Épicerie des poètes », au fil des mois, l'air de rien, il y a trouvé sa place, il y a pris de l'importance, et qu'il n'a vraiment aucune envie de devoir le remplacer.

Gilles finit son petit laïus par ces quelques mots qui auraient pu entrer dans l'histoire s'ils n'avaient pas été prononcés dans le cadre d'une conversation strictement privée : « Alors, voilà, je fais en sorte que Ben Ali quitte le pouvoir avant le 15 janvier, et toi, dans la foulée, tu prends le premier avion pour Paris. On fait comme ça ? » Que voulez-vous que Mohamed réponde ? Il rit de bon cœur en lâchant « OK ! »

Tout de suite après avoir raccroché, Mohamed appelle son amie Elsa. Bien sûr, ils n'ont qu'un seul et unique sujet de discussion : la révolution, la vraie !

Elsa est d'un tel enthousiasme ! Elle ne se cache pas de dire à Mohamed combien elle l'envie de pouvoir vivre ça de près, d'y être investi, « d'écrire l'histoire ». Bien sûr ce n'est pas un jeu, Elsa le sait bien, mais elle trouve ça tellement beau, tellement fort ! Pour elle, ce qui compte plus que tout dans la vie, c'était de faire des choses qui ont du sens. Elle admire les gens dont la vie est une quête. Pas ceux qui se battent pour la gloire, non ! Ceux qui œuvrent souvent de façon anonyme, n'aspirant au fond qu'à une seule chose, pouvoir se regarder dans un miroir en se disant : « je fais ma petite part ». L'histoire, elle l'a lue dans de très nombreux ouvrages depuis sa plus tendre enfance, mais pour ainsi dire, elle ne se satisfait plus de découvrir le monde à travers les livres, elle aspire désormais à le regarder dans les yeux.

Alors, imaginez son visage recouvert d'un large sourire quand Mohamed lui lance comme ça en rigolant :

- Tu n'as qu'à venir !

- Tu es sérieux ?

- ...

- Tu es sérieux !?

- Mais oui ! Tu n'as qu'à venir !

- Je serais tellement heureuse...

- Les billets ne sont pas si chers tu sais. Et puis, je peux t'héberger.

- Tu peux ramener une fille dans ta famille, vraiment ?

- Et pourquoi pas !? On dira que tu es une amie de ma sœur.

- J'aimerais tellement...

- C'est toi qui vois, en tout cas, tu sais que ce n'est pas impossible.

Tous les deux ont l'habitude de se lancer des défis un peu fous. Jusqu'alors, il s'agissait surtout d'escalader une petite grille ou une barrière symbolique, pour s'en aller flâner ou pique-niquer dans un parc fermé ; pénétrer à la nuit tombée sur une péniche désertée par ses propriétaires, pour y boire un bon thé chaud tout droit sorti d'une bouteille thermos ; ou encore explorer un mystérieux endroit « interdit au public »... Ce genre de petits paris parisiens pas risqués pour un sou. Mais là, le défi est d'une tout autre ampleur ! Elsa change de sujet, faisant mine de ne pas envisager sérieusement cette drôle d'hypothèse, mais la vérité, c'est qu'une petite graine de douce folie vient d'être plantée malicieusement dans un esprit qui n'en demandait pas tant.

Le 27 décembre au petit matin, c'est Elsa qui appelle Mohamed et, maligne à son tour, elle l'amène à reformuler sa proposition... pour rigoler bien sûr :

- Tu m'as bien fait rire l'autre jour quand tu me proposais de te rejoindre.

- Je te l'ai dit, et je te le répète, j'étais très sérieux... Alors tu viens !?

- Mmmh...

- Oh ! Elle se dégonfle !

- Ne me cherche pas, tu sais que je serais capable de venir !

- Paroles, paroles ! Moi j'attends de voir.

C'est ainsi que le dimanche 2 janvier 2011, après avoir dit à ses parents qu'elle rejoignait une amie pour une semaine de vacances dans le sud de l'Italie, et malgré les recommandations des autorités françaises de ne pas se rendre en Tunisie dans ce climat insurrectionnel, mademoiselle Elsa Didon, au beau milieu de cinquante-trois autres passagers, atterrit à l'aéroport de Tunis Carthage, à 17 h 32 très précises, par le vol Air-Tunisie en provenance d'Orly.

Chapitre 4

Il n'est pas mort pour rien

Voyez-les tous les deux, au moment où leurs regards se trouvent, dans ce hall d'aéroport, à trois mille kilomètres de Paris ! Peut-être que s'ils étaient seuls, ils sauteraient dans les bras l'un de l'autre, puis oubliant toute forme de retenue, resteraient ainsi longuement enlacés. Mais le moins que l'on puisse dire, c'est que l'aéroport n'est pas vraiment désert. Et puis, il y a aussi Zohra la sœur de Mohamed, vous savez, la meilleure amie d'Elsa, celle qui, officiellement, l'a invitée à venir passer quelques jours dans sa famille. Zohra aime son petit frère plus que tout. Dîtes-vous bien que pour elle, mentir à ses parents équivaut à un des sept péchés capitaux ! Mais que ne ferait-elle pas pour Mohamed ?

C'est ainsi qu'à compter de ce dimanche 2 janvier, Elsa, Zohra, Mounir et Mohamed vont participer activement à ce que certains appellent déjà « la révolution du Jasmin ». Mohamed n'aime pas cette expression, il répète à l'envi : « Ça ne rime à rien ! Est-ce que la Révolution française a été surnommée la révolution du coquelicot, du bleuet ou du tournesol !? »

Mardi 4 janvier, Mohamed Bouazizi, celui par qui tout avait commencé, succombe à ses blessures. Il est enterré le lendemain dans le village Grabennour, devant plus de cinq mille personnes. Sa sœur déclare ce jour-là : « Il a fait ça pour nous ! Et aussi pour tous ceux qui en ont marre de vivre de petits boulots de misère ! Il n'est pas mort pour rien ».

Elsa et Mohamed se sont fait un devoir d'être sur place pour honorer la mémoire du héros malheureux. Ni Mounir ni Zohra n'ont voulu les y accompagner, mais ils leur ont tous deux été d'une grande aide : Zohra en couvrant son petit frère et son amie, Mounir en leur prêtant sa voiture.

L'inhumation est un moment de grande tristesse et de recueillement bien sûr ; mais il y a autre chose : on peut lire sur les visages l'expression d'une rage profonde que tous s'emploient à contenir comme ils le peuvent, par respect pour le défunt, pour sa famille, pour la dignité de l'instant. Un peu comme si chacun se disait au fond de lui : « Ils paieront, pas maintenant, pas ici, mais ils paieront ».

Sur le trajet qui les ramène à Tunis, au soleil couchant, Elsa et Mohamed ne se parlent quasiment pas. Les yeux rivés sur la route, les regards perdus dans le vide, ils sont ailleurs... Il y a des expressions qu'on utilise parfois sans réfléchir et sans vraiment savoir à quoi elles réfèrent ; là, en cet instant, dans cette voiture, tous les deux peuvent sans aucun doute, comprendre et ressentir ce que signifie « avoir le cœur serré ».

Chapitre 5

Princesse Elyssa

La révolte a encore du mal à prendre à Tunis, et nos deux amis ne peuvent pas faire l'aller-retour tous les jours à Sidi Bouzid ou dans d'autres villes de la Tunisie profonde. C'est ainsi que dans les trois jours qui suivent l'enterrement de Mohamed Bouazizi, ils décident de prendre des moments pour s'échapper un peu en journée.

On peut dire d'eux qu'ils sont à la fois « poètes et pirates dans l'âme ». Ils ont besoin de sens, d'action, de combat, de rébellion… tout autant que d'évasion, de contemplation, de tranquillité, de connaissance, et de silence.

Il y a en Tunisie une multitude de sites archéologiques plus étonnants les uns que les autres, et de formidables musées où des fresques gigantesques nous parlent d'un temps que les moins de deux mille ans ne peuvent pas connaître...

Elsa le sait fort bien, elle qui s'intéresse beaucoup à l'histoire de Mohamed, de sa famille, de son pays... C'est donc très naturellement qu'elle lui demande s'ils peuvent profiter de leur temps libre pour visiter quelques-uns de ces endroits.

Mohamed, tout heureux de voir Elsa se passionner ainsi pour l'histoire et la beauté de la Tunisie, ne se fait pas prier ! C'est ainsi que le jeudi 6 janvier, ils s'en vont tous les deux flâner quelques instants sur les hauteurs de Carthage, au beau milieu des pierres millénaires du théâtre antique. L'atmosphère y est si calme et si détendue... Trois autres couples sont là à flâner eux aussi. Des amis ? Des amants ? On ne saurait le dire, tant chacun de ces duos semble, tout comme Elsa et Mohamed, marcher sur une fine ligne blanche, entre proximité et prudence, entre complicité et pudeur.

La vie est parfois drôle et cocasse ! Il n'est pas rare qu'au détour d'un voyage ou d'une rencontre, elle nous offre comme ça, sans prévenir, un de ces heureux hasards dont elle a le secret ; hasard tellement singulier que certains d'entre nous ne peuvent se résoudre à le nommer ainsi, préférant parler d'improbable coïncidence, de chance, de signe ou encore de clin d'œil du destin...

Sortis du théâtre antique, Elsa et Mohamed s'en vont ensuite visiter le musée de Carthage. Toute la journée, Mohamed a pris très au sérieux son rôle de guide : celui qui sait, celui qui a déjà vu, certes « c'était il y a longtemps », quand il était adolescent, mais il s'en souvient quand même assez pour pouvoir dire des choses du genre : « tu vas voir, le musée est génial ! » Ce qui est génial, merci monsieur Hasard, c'est ce moment où Elsa Didon, née à Dieppe en l'an 1989, se met à découvrir l'histoire de Carthage.

Carthage, du phénicien *Qart Hadasht* signifiant « la nouvelle ville », « la nouvelle capitale ». Carthage, ce grand empire fondé par la reine phénicienne Elyssa : fille du roi Mutto et sœur de Pygmalion. À la mort du roi, alors que Pygmalion héritait du trône, Elyssa épousa le très riche et très puissant Sychée, grand prêtre de Melqart.

Par cupidité ou par crainte de sa trop grande influence, Pygmalion ne tarda pas à faire assassiner Sychée, pensant pouvoir ainsi s'octroyer ses biens et retenir sa sœur au palais sous sa protection, comprenez sous bonne garde. Elyssa, accompagnée de quelques fidèles, prit secrètement la fuite, emportant avec elle les richesses de son défunt mari. Après une première escale à Chypre, elle accosta finalement sur une terre habitée par des peuples berbères. Les habitants accueillirent l'arrivée de la princesse et de ses amis avec joie, voyant en leur présence une occasion de négoce et d'échanges mutuels. Le seigneur local, bien plus méfiant, lui offrit une peau de bœuf en guise de bienvenue, en lui promettant qu'elle et les siens pouvaient s'installer ici, « sur un domaine aussi vaste que ce que pourrait en recouvrir ce présent ». L'histoire raconte qu'Elyssa fit preuve d'une grande ruse, en découpant la peau de bœuf en de très fines lanières, et en délimitant ainsi un territoire suffisamment grand pour pouvoir y bâtir une citadelle. Bien sûr, elle et les siens payèrent le tribut dû à leur présence. Ils pouvaient donc s'installer ici dans leur nouvelle ville : Carthage !

Le musée de Carthage, perché sur la colline de Byrsa, est fait en deux parties : une première, à ciel ouvert, qui raconte l'histoire de ce lieu, sa naissance, sa mémoire, ses différentes époques... tout en offrant un panorama exceptionnel. Et une seconde partie, intérieure, faite de peintures, de sculptures, de mosaïques, et d'objets trouvés lors des différentes fouilles archéologiques du site.

Nos deux amis entrent dans le musée, et alors que Mohamed s'en va contempler le paysage, Elsa s'arrête de longs instants sur une première stèle, accompagnée d'un panneau explicatif. Puis, subitement, voilà qu'elle se met à courir en direction de Mohamed, lui demandant :

- Tu connaissais cette histoire ?

- Quelle histoire ?

- Cette princesse qui a fondé Carthage.

- *Avec aplomb.* Oui bien sûr, évidemment !

- Tu ne m'en avais jamais parlé.

- Il y a bien des choses dont je ne t'ai jamais parlé tu sais !

- Oui d'accord, mais c'est drôle non !?

- Drôle !?

- Son nom, le mien...

- Ah oui Elyssa, Elsa, c'est vrai, c'est rigolo : princesse Elsa !

- Tu as lu le petit panneau à l'entrée ?

- *Plus vraiment très sûr de lui.* Oui bien sûr.

- Jusqu'au bout ?

- *Commençant à douter sérieusement, comprenant que quelque chose a dû lui échapper.* Euh... oui je crois.

- Tu sais comment les romains appelaient Elyssa ?

- *Se lançant dans une partie de poker menteur, prenant le rôle de celui qui ne dévoile pas son jeu.* Dis-moi !

- Didon ! Princesse Didon, c'est fou non !? Viens voir, c'est écrit là-bas « Elyssa - Didon ».

À cet instant, Mohamed arrête la partie de poker, s'avouant bien volontiers vaincu à plate couture. Dans un large sourire, celui du gars qui n'en croit pas ses oreilles, ou pas ses yeux, ou les deux en même temps : « Elyssa, Didon, Elsa Didon, c'est génial ! C'est dingue ! C'est fou !!! »

Regardez-les comme ils jubilent dans ce très calme musée de Carthage ! « Tu es une princesse ! Que dis-je une reine ! Ahah Elsa, la reine de Carthage ! » Mohamed ne va pas jusqu'à lui proposer de devenir son roi, mais parions que l'idée a dû lui effleurer l'esprit au moins un court instant. Elsa, quant à elle, comme retombée en enfance, se fait un malin plaisir à endosser les habits de la princesse ressuscitée : posant tout sourire au côté de sa propre statue, s'en allant contempler l'étendue de son si beau royaume, puis un peu plus tard devant un Mohamed hilare, faisant la moue face à une peinture censée la représenter, mais qui d'après elle, ne rendrait pas vraiment grâce à sa beauté légendaire...

À travers ce joyeux jeu de rôle, la visite du musée est pour nos deux amis, un vrai grand moment de décompression et de lâcher prise. Mais il n'y a pas que ça bien sûr ! En son for intérieur, Elsa ne peut s'empêcher de penser que cette correspondance des noms entre elle et la princesse Elyssa n'est rien d'autre qu'un clin d'œil du destin, comme un petit caillou posé à ses pieds pour lui signifier qu'elle est sur le bon chemin ; qu'elle ne s'est pas trompée en venant rejoindre Mohamed en Tunisie ; qu'elle est sans aucun doute, au bon endroit, avec la bonne personne.

Chapitre 6

Du pain et des jeux

Nous sommes le vendredi 7 janvier 2011, et nos deux amis continuent leur découverte de la Tunisie ancienne. Sur le conseil de son cousin, Mohamed emmène Elsa à El Jem, visiter l'amphithéâtre romain, réputé pour être le deuxième plus grand encore visible après celui du Colisée à Rome. Bien moins célèbre que son grand frère évidemment, mais en bien meilleur état à ce qu'on en dit, et puis surtout, avec les souterrains encore accessibles.

Aujourd'hui, Mounir a besoin de sa voiture, c'est donc en train qu'Elsa et Mohamed se rendent à El Jem. Ils montent dans le dernier wagon, noir de monde comme tous les autres. Ils finissent par trouver deux places, de part et d'autre de l'allée centrale. Tout autour d'eux, les gens se parlent beaucoup, ils s'échangent les dernières nouvelles de la révolution :

Ici, des jeunes, visiblement indignés, n'en finissent pas de contester l'arrestation du rappeur surnommé « El Général », probablement à cause de sa chanson « Rais Lebled » (le chef du pays) sortie le mois dernier. Une chanson où il s'adresse au président Ben Ali avec des mots très durs et très directs. Une chanson surtout largement reprise et partagée sur internet ces derniers jours, jusqu'à en devenir un véritable hymne de la révolution.

Devant eux, d'autres jeunes enthousiastes se félicitent de l'attaque des Anonymous contre différents sites internet de l'administration. Là, un couple d'une quarantaine d'années échange sur cette manifestation de lycéens dans la banlieue de Sfax, réprimée par la police. Ils se disent que leur fille âgée de quinze ans aurait pu y être et se faire tabasser... Plus loin, deux hommes âgés d'une bonne cinquantaine d'années, évoquent avec tristesse les actes désespérés de ces derniers jours : cet ouvrier du bâtiment de cinquante-deux ans, père de deux enfants diplômés de l'université sans emploi, se suicidant à Chebba. Cet autre jeune s'immolant à Métlaoui... « Ce n'est plus possible... Ce n'est plus possible » répète en boucle l'un d'entre eux.

Dans un autre wagon, en première classe, une femme et un homme, en tailleur et costume, parlent de la grève des avocats de Tunis commencée elle aussi hier, et des différentes actions entreprises par les syndicats de travailleurs ; signe que ça bouge enfin dans la capitale...

Il est midi quand Elsa et Mohamed descendent du train pour quitter à nouveau, le temps de quelques heures à peine, pas plus, promis, le bouillonnement révolutionnaire. L'amphithéâtre est juste là, à deux cents mètres à peine. Quand ils y arrivent, les lieux sont déserts. Ils suivent la petite barrière qui doit les mener jusqu'à l'entrée du site, c'est alors qu'ils se font interpeller par le gardien des lieux. Ils n'avaient pas vu le petit guichet sur la droite. Le prix d'entrée est de dix dinars pour les étrangers, et c'est bien sûr gratuit pour les Tunisiens. Comme la veille au musée de Carthage, Mohamed qui a la double nationalité montre sa carte d'identité tunisienne et présente Elsa comme sa femme. Comme hier, Elsa sourit.

Ils pénètrent dans le site. Cet amphithéâtre est effectivement merveilleusement bien conservé, très beau et très impressionnant. Ils commencent par en faire le tour, marchant lentement entre les arcades circulaires et les murs hauts d'une bonne vingtaine, trentaine de mètres, peut-être plus... Ils n'entrent pas dans l'arène, non, pas tout de suite ! Ils descendent dans les souterrains. Les voilà désormais marchant côte à côte, en silence, le long d'une large galerie. L'endroit est sombre et humide, mais les puits de lumières et les sorties sont nombreuses, tout autant que les petites pièces aujourd'hui ouvertes, mais dont on devine aisément qu'elles pouvaient jadis servir de cages ou de prisons pour des esclaves promis à une mort certaine, des gladiateurs sur le point de devoir sauver leurs peaux, ou encore des lions espérant être bientôt récompensés d'un bon repas...

Pensant avoir fait le tour des sous-sols, Elsa et Mohamed prennent maintenant un escalier sur leur droite, puis encore un autre qui les mène jusqu'aux gradins. Là, très naturellement, ils suivent chacun une direction différente. Elsa se dirige sur la gauche quand Mohamed part à droite, elle s'assoit au bout d'une rangée à mi-hauteur alors que lui s'en va marcher là-haut, le long de l'allée qui surplombe les gradins.

Elsa sort son carnet et son stylo. Un vent doux et léger se met à chanter, les haut-parleurs de la mosquée toute proche commencent à résonner, Mohamed regarde au loin, ne voyant pas au-dessus de lui le spectacle des pigeons qui s'en viennent et s'en vont, qui se posent et qui marchent sur les pierres antiques, puis repartent en sifflant eux aussi... Elsa écrit :

J'entends le doux chant du Muezzin. Je n'en comprends pas un mot mais je pense et j'espère que ce sont-là des chants de paix et d'amour, c'est tellement beau, je me dis qu'il ne peut pas en être autrement.

Ce lieu n'appartient qu'à nous là maintenant. Il est si calme et si paisible, il y flotte une atmosphère tellement « hors du temps » que j'ai du mal à imaginer qu'ici-même des hommes se sont battus à mort pour le bon plaisir de l'empereur, de ses amis notables, et d'une foule en délire au sens propre du terme, massée là dans ces gradins à ma place.

Du pain et des jeux ! Est-ce que ça a vraiment changé ?

Quand je vois ce monument, son immensité, la façon dont il a été conçu, la façon dont il a été construit, la façon dont il a survécu, la façon dont il a vu passer les siècles... C'est là le signe d'une grande, d'une très grande civilisation. Et pourtant, ici c'était la boucherie. Une boucherie conventionnée, une boucherie subventionnée, mais une boucherie sauvage quoiqu'on en dise. Une boucherie doublée d'une loterie : un combattant sur cent, un sur mille, peut-être moins, pouvait espérer en sortir vivant et, par le sang versé, regagner un jour sa liberté.

Chienne de vie tu exultes

Quand la meute se défoule

Quand le bourreau exécute

Sous les hourras de la foule

À mes pieds, il y a cette fourmi, je n'en ai jamais vu d'aussi grande, qui semble vouloir en découdre. J'essaie de la chasser du bout des pieds mais rien n'y fait, c'est peut-être elle qui voudrait que je m'en aille, qui sait ?

Je l'ai sans doute dérangée dans son travail quotidien, j'ai dû me mettre un peu trop ostensiblement sur son chemin. Il y a toutes ces mouches qui me tournent autour, seraient-elles ses complices ? Vous avez gagné, je change de place, voilà !

Venu de là-haut, j'entends le battement d'ailes d'un oiseau qui s'envole, aussitôt une plume tranquille passe devant moi et s'en va doucement se poser sur le sol, là-bas.

Le ciel est gris et ombrageux, Mohamed, en face de moi, a fini par s'asseoir, je me demande à quoi il peut bien penser.

Un groupe de touristes italiens débarque dans l'arène. Il y en a un parmi eux qui fait de grands signes, semblant mimer différentes scènes venues tout droit des temps anciens. Officiel ou pas, c'est bien lui le guide de la bande. Il parle fort, très fort, pour être sûr que tout le monde l'entende. Il est sur scène ! il donne un spectacle, il se donne en spectacle. Mohamed vient rejoindre Elsa. Ils restent là tous les deux de longues minutes à assister à la représentation. Se prenant au jeu, ils vont même jusqu'à applaudir le guide qui lève aussitôt les yeux vers eux, et s'empresse de leur faire le salut de l'artiste. Ils en rient de bon cœur ! Notre ami reprend le cours de son spectacle, mais sans doute grisé par ces applaudissements, il en rajoute un peu, puis un peu plus encore, il en fait trop, il surjoue ! À ce moment-là, Elsa et Mohamed se lèvent et quittent l'amphithéâtre en mimant dans un dernier sourire le signe du pouce baissé. Mais rassurez-vous, le guide aura la vie sauve !

Chapitre 7

Un air de révolution

Tunis, vendredi 14 janvier 2011

Hier, il y a eu une manifestation dans le quartier du 5 décembre au Kram, celui-là même où réside la famille de Mohamed. Mounir et lui y étaient. Elsa et Zohra ont pour cette fois passé leur tour.

Avant qu'Elsa n'atterrisse à Tunis, elle et Zohra ne s'étaient jamais rencontrées, mais il est vrai qu'en l'espace de quelques jours, elles ont appris à se connaître et à s'apprécier, allant même jusqu'à vouloir passer « un peu de temps entre filles, rien que toutes les deux ». Au moment de se rendre à la manifestation du Kram, Mohamed était ainsi tout heureux de voir sa sœur et son amie partir pour un endroit plus calme et plus tranquille. Car le moins que le puisse dire c'est que la situation ne s'est pas calmée ces derniers jours, bien au contraire ! Au-delà des chiffres qui circulent sur internet sur le nombre de manifestants blessés ou tués depuis le début des évènements, il y a maintenant toutes ces vidéos filmées par des téléphones portables et montrant des scènes de répression à peine croyables !

Le Kram est une ville populaire, dans la toute proche banlieue de Tunis, collée à Carthage, à quelques encablures à peine du palais présidentiel. Il était assez clair que le pouvoir réprimerait violemment toute tentative de rassemblement dans ses rues. C'est d'ailleurs très exactement ce qui s'est passé hier, dans des proportions que Mohamed et Mounir n'avaient pas imaginées : des policiers face à eux, à dix mètres à peine, les regardant droit dans les yeux et se mettant à faire feu... droit dans la foule.

Les gens criaient, se bousculaient, couraient dans tous les sens. L'unité de la manifestation, vous vous en doutez bien, s'est envolée à la première balle sortie du premier pistolet. Chacun devait à ce moment précis penser à sauver sa peau.

Hier, pour la première fois, Mohamed et Mounir ont eu peur de devenir des martyrs de la révolution. Hier, en rentrant chez eux sains et saufs, ils savaient tous les deux à quoi ils venaient d'échapper. Au cours de cette manifestation, six personnes ont trouvé la mort. Cette nuit, c'est sûr, ni Mohamed ni Mounir n'ont su trouver le sommeil. Ils ont dû se faire et se refaire le film dans leur tête, dix fois, cent fois, mille fois... Ils ont pleuré dans leur lit des minutes entières, peut-être même des heures, étouffant leurs sanglots sous les coussins pour que personne, surtout, n'en sache rien.

Et ce matin... ils aimeraient ne pas avoir à se lever, ne pas avoir à affronter les regards, ne pas avoir à mentir, ni à Elsa, ni à Zohra, ni au reste de la famille... Ne pas avoir à raconter des bobards pour rassurer tout le monde sur le fait qu'ils n'ont jamais couru le moindre risque : « Oui, c'est vrai, les policiers ont tiré dans la foule, mais nous on était loin, on a juste entendu des coups de feu là-bas, et puis tout le monde s'est enfui et nous aussi, et voilà ».

Pour Mohamed, c'est la dernière journée à Tunis. Désormais, une seule chose lui importe au fond : rentrer chez lui sain et sauf en pouvant se dire qu'il a fait tout ce qu'il pouvait à son petit niveau. Aussi, il le sait, il n'a qu'une seule chose à dire, qu'une seule phrase à prononcer : « Aujourd'hui, je crois que je vais rester à la maison, préparer mes affaires tranquillement, et puis ce soir peut-être, j'irai faire le tour de la famille pour dire au revoir ». Absolument personne ne lui en voudrait, et le moins que l'on puisse dire c'est qu'il a eu le temps d'y songer cette nuit, de travailler son texte, sa mise en scène... Oui mais voilà, comme dirait Elsa, Mohamed est un être surprenant ! Et son cousin l'est certainement tout autant.

C'est ainsi que ce matin, crâneur ou inconscient, alors que Mounir se trouve dans la cuisine attablé devant un grand bol de café au lait, Mohamed, faisant comme si de rien n'était, vient lui taper dans la main en lui disant « on remet ça à Bourguiba ! » Mounir n'esquisse même pas un début d'hésitation, et lui répond très naturellement « yallah ! » Quelques minutes plus tard, Elsa et Mohamed se disputent devant tout le monde. Elsa ne sait pas vraiment ce qui s'est passé lors de la manifestation du Kram, mais ce qu'elle sait en revanche, c'est qu'il n'est pas question qu'elle n'en soit pas cet après-midi à Tunis ! Mohamed, bien sûr, ne veut pas qu'elle y aille ; il pourrait la convaincre assez facilement en lui disant la vérité pour hier, mais là, c'est elle qui ne le laisserait pas partir.

En assistant à la scène, les parents de Mohamed peuvent se rendre compte à quel point leur fils semble tenir à « la meilleure amie de sa sœur ». Mohamed ne veut pas céder. Et pour qui connaît Elsa, elle a beau être à trois mille kilomètres de chez elle, elle a beau être invitée dans cette famille où tout le monde l'apprécie et où elle apprécie tout le monde, elle ne lâchera pas non plus.

C'est Zohra qui met un terme au vif échange en affirmant, devant ses parents, qu'elle ira elle aussi se joindre aux manifestants, que c'est son devoir, et qu'Elsa l'accompagnera. Mohamed ne dit rien mais au moment où il quitte la maison précipitamment, on peut voir à quel point il est furieux.

Une demi-heure plus tard, Zohra part retrouver Mohamed pour s'expliquer avec lui, et pour calmer les choses : elle lui promet de faire très attention à elle et à Elsa, elle lui répète qu'il est bien sûr hors de question pour elles comme pour lui et pour Mounir d'ailleurs, de s'approcher des endroits où ça chauffe, et que dans tous les cas, au premier instant où ça commencerait à partir en vrille, ils rentreraient à la maison, ensemble. Elle lui demande aussi de ne pas jouer les héros, et finit par ces quelques mots : « On vient juste d'enterrer un membre de notre famille. Un c'est assez ».

Il est midi passé de quelques minutes quand ils arrivent tous les quatre sur l'avenue Bourguiba. Des milliers de personnes sont déjà là, postées devant le ministère de l'Intérieur. À quelques mètres du bâtiment, tendue entre deux arbres, on peut voir une banderole géante sur laquelle il est inscrit : « Ben Ali assassin ». Derrière elle, c'est fou, des jeunes essaient de grimper aux fenêtres du ministère !

Elsa, Zohra, Mohamed et Mounir entrent dans le rassemblement. Une fois arrivés au cœur de la foule, ils sortent leurs pancartes. Pour la première fois depuis le début des évènements, Mohamed renonce à aller voir en première ligne ce qui se passe. Aujourd'hui, il ne fera pas de zèle, il s'assurera simplement qu'aucun membre de la bande des quatre ne prendra le moindre risque. Ils sont là, ils seront là jusqu'au bout. Et demain, Elsa, Zohra et lui rentreront à Paris en faisant une dernière bise à Mounir : voilà la scène qu'il garde en tête, l'instant qu'il souhaite voir arriver, l'image qui remplacera celle du policier faisant feu en sa direction ; celle-là même qui depuis hier soir, s'obstine à ne pas le quitter des yeux un seul instant. À un moment, il ne peut s'empêcher de penser à voix haute : « Ça va dégénérer, ça va être un carnage ».

Ça aurait pu, ça aurait dû selon le scénario du bientôt ex-président Ben Ali. « Balle au canon », voilà l'ordre donné, à 14 heures, aux forces de police faisant face à la manifestation qui se déroule sous leurs fenêtres et sur l'ensemble de l'avenue Bourguiba. Cet ordre signifie « apprêtez-vous à tirer ». À 15 heures, Ben Ali décrète l'État d'urgence, applicable à partir de 17 heures. Au même moment, il ordonne aux généraux de se rendre au ministère de l'Intérieur pour y prendre la conduite des opérations de maintien de l'ordre. C'est à ce moment précis que tout se joue, à la fois dans la rue, dans les palais et dans les casernes ; c'est à ce moment précis que l'histoire bascule : désavoué par l'armée, Ben Ali prend la fuite... en Arabie Saoudite.

À 18 heures passées de quelques minutes, Mohamed reçoit un sms signé Gilles Dubois : « Tu vois, tout s'est passé comme je l'avais prévu ! Tu rentres bien demain ? ». En lisant ce message, le visage de Mohamed s'illumine d'un large sourire, il ne peut s'empêcher d'imaginer Gilles, hilare de l'autre côté de la Méditerranée, heureux d'avoir vu s'accomplir son incroyable prophétie ! C'est d'ailleurs par ces mots, qui là encore auraient sans doute mérité d'entrer dans l'Histoire, que Mohamed lui répond : « Monsieur Gilles Dubois, vous êtes un prophète ! »

Oui Mohamed rentrera bien demain. Et le lendemain déjà, au moment où lui, sa sœur et son amie s'envoleront pour Paris, mille et une questions se poseront ici-même à Tunis, sur ce qu'il convient de faire de ce jour nouveau et de ceux qui suivront ; sur ce pouvoir déchu et sur celui qui s'apprête dans l'ombre à le remplacer. Dans cet « après », rien ne sera facile, rien ne sera tranquille, rien ne sera évident ; et très vite, d'autres combats viendront, tout aussi importants, tout aussi nécessaires...

Mais demain est encore loin, puisse cet autre jour arriver le plus tard possible ! Car dans les rues de Tunis ce soir, dans les villes, dans les villages, le peuple rit, le peuple chante. Et ces chants commencent déjà à résonner bien au-delà des frontières de ce que certains osent considérer aujourd'hui encore comme un petit pays. Ce soir, il y a dans la rue comme un air de révolution...

Sens-tu comme un parfum de révolution qui flotte dans l'air ?
Par-delà les nations, la révolte est planétaire
Ça ne sent pas la rose, non, ça sent plutôt le souffre
De ces moments de l'histoire où la roue tourne jusqu'à t'en couper le souffle
Vois-tu un à un, tous ces peuples opprimés qui se soulèvent ?
Ce n'est peut-être qu'un début, mais ne pense pas que tout cela ne soit qu'un rêve
Quoi qu'ils en disent, ça ne sent pas bon pour nos rois et pour nos reines
Ça ne sent pas bon pour ceux qui jusqu'à aujourd'hui tenaient les rênes
Sens-tu comme un air de déjà-vu car l'histoire sans cesse se répète !?
D'une manière ou d'une autre, ceux qui prospéraient hier, demain y laisseront leur tête
Dirigeants malfaisants, barons de la finance, gros bonnets de la bourse
Industriels exploitant la misère humaine comme dans un champ de course

Peut-être qu'après la victoire ceux qui prendront le pouvoir seront les mêmes
Peut-être qu'on ne pourra jamais rien face à la folie humaine
Mais puisque nous sommes là, puisque l'on voit, puisque l'on vit sur cette terre
Marchons la tête haute, soyons combattants, soyons révolutionnaires

Chapitre 8

Comme une évidence

Mais alors quand diable ces deux-là vont-ils s'aimer !?

L'avion vient d'atterrir à Orly. Zohra, Mohamed et Elsa, tout comme les cent quarante-neuf autres passagers en descendent, accueillis par un vrai, un beau, un grand froid d'hiver ! Pas de ceux, factices, que l'on trouve à Tunis, quand le thermomètre peine à descendre en dessous des quinze degrés. Non ! vous savez, un de ceux qui vous incite à vous couvrir jusqu'aux oreilles, un brin cruel quand il s'en vient gercer vos lèvres, ou vous geler le bout des doigts, un peu poète quand il fait naître de votre bouche des petits nuages par milliers, artiste-fou, complètement givré, qui aime tant repeindre le monde en blanc...

Habités par le sentiment du devoir accompli, nos amis ont le cœur léger ; et ni le froid, ni la pluie, ni même le vent glacial ne pourront rien y changer. À l'aéroport, il n'y a bien sûr, aucun « comité d'accueil », aucune banderole de félicitations, aucune caméra, aucune télé, aucune radio… Les témoignages, les interviews et les confidences en tout genre, ce sera pour plus tard, et seulement pour les amis et la famille ! Elsa et Mohamed rentrent de Tunisie avec des souvenirs plein la tête et des carnets remplis d'histoires, alors n'en doutons pas, les soirées à venir seront longues et riches en anecdotes savoureuses.

Après avoir récupéré leurs bagages et passé les contrôles de la douane, ils prennent la navette qui les ramène d'Orly jusqu'à la gare Montparnasse. À la sortie du bus, Zohra, prétextant devoir rentrer au plus vite, embrasse chaleureusement son petit frère et son amie, puis disparait aussitôt. Ils ont, pense-t-elle, encore bien des choses à se dire… C'est ainsi qu'ils se retrouvent à marcher tous les deux, côte à côte, en direction de la station « Montparnasse-Bienvenüe ».

Sur les quelques deux-cents mètres qui les amènent de la gare à la bouche de métro, ils ne trouvent rien d'autre à échanger que des banalités d'ordre météorologique du genre : « Oh putain qu'il fait froid ! » ou vestimentaire : « dire qu'hier on était en t-shirt… »

Elsa doit prendre la ligne 4 en direction du Nord de Paris, et Mohamed qui n'habite pas très loin, continuera à pied. En haut de l'escalator, il leur faut maintenant se quitter, oh pas pour longtemps, dans trois jours à peine, ils se retrouveront à l'université. Et pourtant, l'au revoir semble tellement difficile.

Les voilà face à face. Pour la première fois, depuis plus de deux ans qu'ils se connaissent, ils ne se tapent pas dans la main, ni ne se font la bise, ils se prennent dans les bras, naturellement, tendrement. Ils savent, sans avoir besoin de se le dire, que ce qu'ils viennent de traverser les reliera à jamais.

Après s'être enlacés longuement, ils sentent leurs mains glisser sur les bras de l'autre, jusqu'à s'effleurer, se caresser discrètement. Leurs yeux brillants et humides, se croisent un court instant puis se détournent... Et, dans la magie de cet instant, les mots qu'ils s'échangent alors d'une voix douce, dans un murmure à peine audible, sont incroyablement décalés : « À mardi » ; « Oui, à mardi. Passe un bon week-end » ; « On s'appelle » ; « OK » ; « Ciao ».

Elle descend les escaliers, il la regarde partir quelques secondes avant de s'en aller à son tour. C'est alors qu'il entend « Mohamed ! », il se retourne à nouveau et la voit quelques marches plus bas, tout sourire. Il y a une chose qu'elle tenait absolument à lui dire, une chose à laquelle elle avait pensé cent fois ces derniers jours : « Merci ! Merci infiniment ! » Voilà, c'est ainsi qu'ils se quittent aujourd'hui, encore une fois bons amis si l'on peut dire. Pudeur, prudence, peur ou patience... toujours est-il que le moment se fait encore attendre.

Il arrivera un mois plus tard presque jour pour jour : un soir d'hiver de l'an 2011, le vendredi 11 février pour être tout à fait exact. Ce soir-là, ils se lanceront un défi, comme ça, pour le plaisir des mots : écrire un poème à quatre mains. Armés chacun d'un carnet et d'un stylo, ils s'arrêteront à la table d'un café du onzième arrondissement.

Mohamed prendra la main :

Je n'étais qu'un malotru
Maître dans l'art de l'arrogance
J'avais tout lu, j'avais tout vu
Maigre cœur et large panse

Je me pensais repu
D'une monotone existence
Sourire, je ne savais plus
Ou seulement par convenance

La Terre, les hommes, les statues
Ne m'étaient d'aucune importance
Ce jour où vous m'êtes apparue
Apparue comme une évidence

Elsa applaudira à deux mains : « bravo ! », mais elle ne s'en laissera pas conter :

Vous m'avez prise au dépourvu
Vous deveniez mon imprudence
Mon accident, mon imprévu
Mon heureuse coïncidence

« Ces temps sont révolus »
Me dis-je avec insistance
Trop tard ! Vous m'étiez apparu
Apparu comme une évidence

Mohamed, tout heureux d'avoir trouvé à qui parler, lancera alors un « oui ! » admiratif, qu'il répètera à l'envi trois fois, avant de reprendre à son tour :

Soyez donc la bienvenue
Merveilleuse défaillance
Vous qui m'avez vaincu
Sans armes et sans violence

Et alors que les enceintes du café, feront résonner la divine voix de Sam Cooke, il se lèvera et tendant la main à Elsa, il ajoutera ces quelques vers :

Serait-il incongru
Ou contraire à la bienséance
Si je vous demandais Madame
De m'accorder cette danse ?

Elsa acceptera de bon cœur ! Non sans rappeler à Mohamed qu'il manque une rime à son dernier quatrain. C'est ainsi qu'en se saisissant de la main qui lui sera tendue et en se levant à son tour, elle se fera une joie de proclamer sa victoire : « Monsieur Mohamed Gouja, vous êtes disqualifié pour non-respect de la règle. Je déclare mademoiselle Elsa Didon vainqueur. »

Ce soir-là, ils danseront un peu, puis ils sortiront du café et marcheront beaucoup ; ce soir-là surtout, ce soir-là enfin, le plus naturellement du monde, quelque part entre le pont Mirabeau et le pont Alexandre III, du bout des doigts, du bout des yeux, du bout des lèvres, ils se diront bien des choses qui ne pouvaient plus attendre... Ils tomberont dans les bras l'un à l'autre, épuisés d'avoir résisté toutes ces années. Ce soir-là, peut-être même, iront-ils jusqu'à penser que leur histoire était écrite, quelque part, depuis longtemps ; qu'elle était tout simplement... comme une évidence !

Chapitre 9

Patrick l'ami rwandais

Au printemps 2011, Elsa, Mohamed, et bon nombre de leurs amis étudiants, vont s'engager aux côtés d'un des leurs, menacé d'expulsion.

Il s'appelle Patrick, il est né en 1989, au Burundi, dans la ville de Bukoba, située sur les rives du lac Victoria. Il est l'un des nombreux petits enfants de Victor et Marie-Ange, un couple d'exilés rwandais Tutsis ayant quitté leur pays dans les années soixante pour fuir la répression dont ils faisaient l'objet.

Il a cinq ans quand la totalité de sa famille restée au pays, ses oncles, ses tantes, ses cousines et cousins, sont exécutés de sang froid par des miliciens à la solde du président rwandais, au cours de ce qui restera comme l'un des plus grands génocides que la Terre ait porté.

Patrick nous en voudrait si l'on ne rappelait pas ici que parmi les armes qui ont servi à commettre l'innommable, bon nombre étaient de fabrication française. Le président rwandais était notre allié, il était notre partenaire, nous équipions son armée et nous formions ses soldats. Il s'en est fallu du temps avant qu'enfin nous ne daignions ouvrir les yeux, retenant nos larmes en vain quand le sang ruisselait sans fin...

Et malgré les images, malgré les témoignages, les livres, les rapports d'ONG, les missions parlementaires, les films documentaires... Nos gouvernements ont toujours rejeté toute part de responsabilité dans ce génocide, admettant simplement depuis quelques années que des « erreurs politiques » ont pu être commises.

En juin 1999, cinq ans après la prise de pouvoir par le Front Patriotique Rwandais, Patrick accompagne ses parents, de retour dans ce pays qu'ils avaient quitté enfants, trente ans auparavant. Ils s'installent à Butaré, c'est là que Patrick grandit, découvrant jour après jour, parfois au détour de discussions affreusement banales, à quel point l'enfer s'est invité sur Terre, ici même, quelques années auparavant.

Un jour, par exemple, il surprend une discussion entre son père et sa mère quand, passant devant des travailleurs faisant la queue devant une usine, son père lance : « et dire qu'ils faisaient comme ça, dire qu'ils convoquaient les gens soi-disant pour du travail, et qu'ils les fusillaient sur le champ par centaines ».

Comment un enfant peut-il entendre ces mots ? Et toutes ces histoires de gens normaux, des mères et des pères de familles, officiellement « encouragés » à participer à des tueries organisées : prenant les fusils et tirant dans le tas encore et encore, comme s'il ne s'agissait que d'un vulgaire jeu vidéo...

- Comment cet enfant peut-il croire en l'humanité ?

- En étant soi-même le meilleur être humain possible !

Voilà très exactement la réponse que Patrick s'est donné à lui-même ! Il allait faire de sa vie un engagement, aider son pays à se relever, à renaître de ses cendres, à revenir de l'enfer.

C'est en ce sens qu'à partir de la rentrée 2008, il se met à suivre un cursus de sciences politiques à l'université nationale du Rwanda ; et c'est très certainement pour cette même raison qu'il se trouve alors un mentor en la personne d'André Kagwa Rwisereka.

André Kagwa Rwisereka est le propriétaire d'un bar restaurant, pas très loin de la faculté, à

Butaré. Il est aussi un des membres fondateurs et vice-président du Parti Vert Démocratique : un tout nouveau mouvement politique d'opposition disant vouloir « créer une société nouvelle en ouvrant le champ démocratique, en œuvrant pour une juste répartition des ressources nationales, la protection de l'environnement, et de manière générale s'évertuer à bâtir un système économique qui soit non seulement compétitif, mais aussi suffisamment humain pour se soucier de tous les citoyens ».

André Kagwa Rwisereka critique ouvertement le régime et sensibilise les étudiants qui fréquentent son établissement. Patrick est un de ceux-là. Il adhère au nouveau parti au sein duquel il se fait rapidement une place parmi les autres jeunes. Patrick est fasciné par le vieux leader, son histoire, son charisme, son éloquence, son aura...

En quelques mois, dévoué, volontaire et remarquablement intelligent, il finit par devenir une sorte d'assistant pour André Kagwa Rwisereka : celui qui l'accompagne le plus souvent, qui l'aide à préparer ses interventions et ses déplacements divers.

Le mercredi 14 juillet 2010, André Kagwa Rwisereka est retrouvé mort près de sa voiture, la tête tranchée. Comme d'autres membres de son parti, il faisait l'objet, depuis plusieurs mois, de menaces de mort répétées.

Patrick, choqué et apeuré, s'enferme chez lui dix jours durant, sans rien dire à personne. Cloitré dans sa chambre, il n'en sort que de courtes minutes chaque soir sur l'insistance de ses parents, pour dîner avec eux, mais sans jamais vraiment les voir ni les entendre... Trois semaines plus tard, sans lui en laisser le choix, ils décident de l'envoyer à Paris où ils connaissent quelqu'un qui pourrait l'aider à s'y installer, et être là pour lui en cas de problème. Ils craignent trop qu'il ne lui arrive quelque chose s'il restait au Rwanda, lui si actif et si proche d'André Kagwa Rwisereka, Et puis, pensent-ils, Patrick pourrait ainsi continuer ses études dans une grande école française.

Voilà esquissé à travers l'histoire de Patrick ce que certains pourraient considérer comme étant le « paradoxe français ». La France, pays fascinant ! Celui des Lumières et de la Révolution, celui des droits humains et des conquêtes sociales. Un pays qui comme n'importe quel autre pays a aussi sa part d'ombre, même s'il a parfois du mal à se l'avouer. Ce pays où en fin de compte Patrick allait trouver refuge : la France de Brassens et de l'Auvergnat, celle de l'hôtesse et de l'étranger, ce pays où quoiqu'on en dise, il n'est pas rare de croiser une main tendue, et derrière elle une belle âme.

C'est d'ailleurs une de celles-là, très anonyme et très discrète, Anne, une vieille amie de sa mère, qui l'accueille à la descente de l'avion, à Paris au mois d'août, sous la pluie. Plus jeune, Anne s'était rendue au Burundi en tant qu'infirmière, dans le cadre d'une campagne de vaccination menée par une ONG française. Elle y avait rencontré Marie-Ange, la mère de Patrick, alors institutrice dans une école au Nord de Bukoba. Marie-Ange s'était beaucoup investie personnellement dans cette campagne de vaccination, pour les enfants de son école et plus largement dans toute la ville, et les villages aux alentours. Ainsi, Anne et elle ont travaillé ensemble pendant près de deux ans, se liant alors d'une amitié aussi forte que sincère. Elles avaient continué à s'écrire toutes ces années, une à deux fois par an, pour se donner des nouvelles, et aussi lors des grandes occasions. C'est ainsi qu'à la naissance de Patrick, Marie-Ange avait envoyé à Anne une belle photo d'elle à l'hôpital, tenant son bébé dans ses bras.

Près de vingt ans plus tard, le bébé a bien grandi, et Anne prend très à cœur son rôle de bonne fée parisienne. C'est elle qui remue ciel et terre, pour qu'en dépit des délais dépassés, malgré les innombrables difficultés liées à sa situation de demandeur d'asile, Patrick puisse être inscrit à l'université dès la rentrée de septembre ; qu'il puisse, dans cette urgence avec laquelle ses parents l'ont envoyé en France, continuer ses études, presque comme si de rien n'était.

Bien sûr, le traumatisme sera toujours présent quelque part au fond de lui, mais la vie doit reprendre ses droits, et Paris peut être le bon endroit pour ça. C'est là-bas, parmi des centaines d'autres jeunes de son âge, qu'il fait la connaissance de cette si jolie fille répondant au nom d'Elsa, et Mohamed, son compagnon, toujours souriant.

Leur première rencontre a lieu dans les couloirs de l'université, quelques jours après la rentrée. Patrick un peu perdu, cherche à rejoindre sa salle de cours, il demande sa route aux premiers étudiants passant devant lui. Parmi eux, il y a Elsa et Mohamed, qui ont cours juste à côté, et qui lui proposent naturellement de les suivre. Sur le chemin, une fois les présentations faites, Elsa demande naïvement à Patrick ce qui l'amène à Paris, il répond d'abord très sobrement qu'il « fuit des problèmes politiques ». Mohamed le relance : « Et quel genre de problèmes politiques ? », puis se disant que sa question est peut-être de trop, il se ravise aussitôt : « Excuse-moi, je comprendrais que tu ne veuilles pas parler de ça ». Mais Patrick, en confiance avec ces deux-là, se met à en dire un petit peu plus, puis un peu plus encore... Arrivés devant leurs salles de cours respectives, ils continuent à se parler de longues minutes. Ils ont beaucoup de mal à se quitter tant ils semblent avoir envie de se dire bien des choses. Mais ils sont déjà bien en retard, ils se promettent donc de se retrouver un peu plus tard dans la journée.

En quelques semaines à peine, ils deviennent de véritables amis, et il n'est pas rare de les voir tous les trois ensemble à la sortie des cours, ou se retrouvant quelque part dans Paris autour d'un verre.

C'est d'ailleurs un soir d'avril 2011, alors qu'il rentre chez lui après avoir passé des heures à refaire le monde avec ses deux amis, que Patrick est interpellé par la police pour « un simple contrôle d'identité ».

« Vous n'êtes pas en règle ! Veuillez nous suivre. »

Foutue règle ! Suite à sa demande d'asile politique déposée en août 2010, Patrick a reçu il y a quelques semaines une réponse négative, au motif qu'il n'a pas pu prouver sa proximité avec le leader rwandais assassiné. Ces pièces manquantes au dossier, ses parents les lui ont envoyées aussitôt. Au moment de son interpellation, Patrick les a donc en sa possession, mais par oubli, ou par volonté inconsciente d'être « comme tout le monde », il a tardé à déposer un recours comme la loi le lui autorise.

Le lendemain à la première heure, Elsa et Mohamed apprennent la nouvelle de ce qui n'est d'abord qu'une rumeur. Un étudiant qui « passait par-là à vélo hier soir », croit avoir vu Patrick se faire contrôler, puis embarquer.

En quelques coups de téléphone, ils retrouvent la trace de leur ami... au Centre de Rétention Administrative de Vincennes. Ils s'y rendent sans plus attendre. Une fois sur place, Elsa y fait littéralement trembler les murs. Criant au scandale, elle insulte de tous les noms chacune et chacun de ses différents interlocuteurs.

Mohamed, dans un premier temps, essaie de la raisonner, lui disant qu'il ne sert à rien de s'énerver, que cela ne fera pas avancer les choses...

Mais au bout d'une demi-heure d'un dialogue de sourd avec les représentants de l'administration, il finit lui aussi par se lâcher ! Les voilà désormais, crachant tour à tour cette colère qu'ils n'arrivent pas à contenir :

- Vous n'avez donc que ça à faire ? Arrêter des gens sans histoire.

- Bandes de connards !

- Vous n'avez pas honte ? Hein !?

- Et dites-moi, vous trouvez que vous faites un beau boulot ? Ca vous plaît de faire ça !? Ca va ? Vous arrivez à dormir le soir !?

- Et pour vous regarder dans un miroir, vous faites comment ? Vous fermez les yeux ou bien ?

Évidemment aucune de ces remarques ne possède en elle un quelconque caractère constructif, le seul effet qu'elles produisent est une évacuation manu militari d'Elsa et de Mohamed !

C'est donc ailleurs que le sort de Patrick se jouera : dans les murs de la fac, l'après-midi même.

À coups de tracts, de pétition, d'appels à rassemblement, ses deux amis battent le rappel, rameutent les troupes pour mobiliser les étudiants, les professeurs et bien sûr le président de l'université ! « Il doit se mouiller » lance Elsa.

Regardez-la fulminant devant les plus hauts responsables de la fac, les sommant de « ne pas laisser faire », d'« intervenir », de « parler aux médias », de « prendre vos putains de téléphones pour appeler vos putains d'amis là-haut dans les ministères ».

Anne, la bonne fée de Patrick, qui s'en veut de ne pas s'être assez préoccupée de cette histoire de papiers, contacte de son côté les associations de défense des étrangers, sollicite ses quelques copains journalistes pour que « l'histoire de Patrick soit connue, le plus possible, de toutes et de tous ».

Le soir même, c'est devant leur ordinateur qu'Elsa et Mohamed passent des heures à lancer le mot d'ordre sur les réseaux sociaux : « Rassemblement demain à 17 h - Université de Paris 1, en soutien à Patrick : non à son expulsion ! »

Ainsi, le lendemain, la fac devient le lieu d'un grand rassemblement réunissant plus d'un millier d'étudiants, avec diverses prises de paroles dont celles de professeurs. Des premiers articles passent dans la presse. Rapidement, d'autres journalistes s'intéressent à cette histoire et font sonner les téléphones d'Anne et d'Elsa.

La bataille est belle, elle est dense et elle vaut la peine d'être menée, mais à vrai dire, et tant mieux, elle sera brève.

En effet, il faut croire que le président de l'université ait fini par obéir aux injonctions d'Elsa et qu'il ait pris son téléphone pour défendre le cas de Patrick auprès de quelques amis influents.

C'est ainsi que contre toute attente, Patrick est libéré dans la soirée du 7 avril 2011 ; et qu'il obtient, quelques semaines plus tard, le statut de « réfugié politique ».

Chapitre 10

Au boulot !

Suite à la mésaventure de Patrick, alors que ses amis ont tous repris normalement le cours de leurs études et pour ainsi dire, le cours de leur vie, Elsa choisit de s'investir dans les réseaux de soutien aux réfugiés. Ce qu'elle a vu l'autre jour au centre de rétention l'a profondément marquée : ces jeunes filles et ces jeunes hommes derrière des grilles, ces destins en attente... leurs visages, leurs regards, le fait qu'ils soient là, à l'abri de notre vue... Et puis face à eux, cette administration froide et rigide, mathématique, statistique, procédurière, ne laissant volontairement aucune place à l'humain, à l'affectif, à l'émotionnel, à tout ce qui se passe dans les yeux et dans les cœurs... « Cent Patrick !» voilà ce qu'elle dit avoir vu. Cent amis, cent drames, cent raisons, toutes différentes, d'être là.

Parallèlement à son engagement, Elsa, fidèle à elle-même, valide brillamment son master, puis à la grande surprise de Mohamed et de ses parents, elle décide subitement de changer d'horizon professionnel ! La littérature a toujours été sa grande passion, et c'est justement parce qu'elle dit vouloir garder intact son amour de la lecture et de l'écriture qu'elle préfère désormais évoluer dans un milieu n'ayant aucun rapport avec les Lettres.

Cet été, on lui a proposé un travail intéressant et passionnant au sein d'un centre d'accueil pour demandeurs d'asile, mais vous commencez à la connaître, n'est-ce pas !? Elle n'a pas accepté, « Non, pas en tant que salariée ! » Certains pourraient y voir là un caprice ; mais pour elle, c'est une question de principe, de cohérence : son engagement militant ne doit pas être lié à un quelconque salaire. C'est une chose qu'elle ne peut concevoir.

C'est ainsi que depuis quelques semaines, et contre toute attente, Elsa travaille... pour une petite troupe de théâtre itinérante ! De vieux amis de Normandie dont les spectacles commencent à pas mal tourner, et qui avaient besoin de quelqu'un pour les aider à développer leurs différents projets, et aussi de temps en temps, les accompagner sur la route. Ce n'est pas avec ce travail qu'elle va pouvoir mettre de l'argent de côté, ça c'est sûr, mais elle s'y retrouve, et puis c'est l'occasion pour elle de côtoyer un autre univers, de rencontrer de nouvelles personnes, et de voyager un peu des fois...

Et Mohamed dans tout ça !?

Après avoir validé son Master, il s'est fait embaucher pour de bon, à plein-temps dans la belle « Épicerie des poètes », la boutique littéraire du grand marabout visionnaire Gilles Dubois. Mohamed a trouvé sa voie ! Il travaille davantage dans les bureaux, sur la partie « édition », plutôt que dans la librairie à proprement parler. Mais ça lui plaît ! Il adore suivre le destin d'un livre : du coup de cœur de l'éditeur à la sortie en librairie, en passant par toutes les petites et grandes étapes de la publication. Il aime côtoyer des jeunes et des moins jeunes auteurs, échanger avec eux, faire partie de leur monde. Car s'il y a bien une qualité que l'on peut reconnaître à Mohamed, c'est qu'il a de la suite dans les idées. Après toutes ces années, il n'a toujours pas renoncé à son rêve initial : faire publier ses écrits.

Bien sûr, il continue encore et toujours à noircir les pages de ses innombrables cahiers. Mais peut-être le fait-il dorénavant un peu plus discrètement. L'écriture est devenue son refuge, son jardin secret, ou plutôt devrait-on parler d'une grande, d'une immense forêt d'encre et de papier... Il amasse, empile, compile, range ses écrits en cachette, sans même rien en dire à Elsa. Il sent au fond de lui que le moment viendra bientôt de rassembler quelques-uns de ses nombreux poèmes : les plus forts, les plus parlants, les plus prenants, et d'essayer enfin d'en faire un tout, une œuvre, son œuvre à lui. Mais il sait aussi que le temps presse : il voit les années défiler, et avec elles, une certaine forme d'inconscience qui le quitte peu à peu. Il n'est déjà plus tout à fait le Mohamed crâneur de ses 18 ans, celui qui se sentait capable de tout faire, tout dire et tout écrire : « Et alors !? Pourquoi pas moi !? Ce qu'un humain a fait, un autre le peut ! » Certains jours de fatigue, de page blanche ou de déprime, il lui arrive même de se poser de bien drôles de questions pour qui s'appelle Mohamed Gouja : « Est-ce que ce que j'écris vaut la peine d'être lu ? », « Est-ce que ça peut vraiment intéresser des gens ? », « J'en ai l'envie, mais en ai-je le talent ? ». Dans ces moments de doute et de remise en cause, il est possible que Mohamed se souvienne de cette fois où à 18 ans justement, alors que ses amis se moquaient gentiment de lui et de ses rêves, vexé, il les avait pris à témoin en leur jurant qu'il ne quitterait pas ce monde sans avoir publié un livre ! Il aime à penser qu'un jour bientôt, il pourra, sans rancune, leur envoyer à chacun un exemplaire de son recueil, avec un petit mot taquin du genre : « Je vous l'avais bien dit ! »

Nous voilà donc au début du mois d'octobre 2011, Elsa et Mohamed sont installés chacun dans leur petite vie. Ils se voient souvent, plusieurs fois par semaine...

Et le ciel de leur automne est sans ombrage, et les ponts de Paris enneigés cet hiver les voient tous les deux s'en aller et venir, s'amuser et puis rire, leur printemps est insolent et leur été brûlant... Un an s'est écoulé, un an presque parfait. Ils s'aiment comme jamais, mais...

Chapitre 11

Il y a toujours un « mais »

Il y a toujours un « mais » dans ces histoires trop parfaites pour être vraies. Il y a toujours un grain de sable qui vient mettre son petit grain de sel.

Bien sûr, tous les « mais » ne sont pas inutiles. Il y en a des importants, des nécessaires dès lors qu'ils mettent l'accent sur des valeurs qui nous sont chères : « je vous aime mais je ne peux me résoudre à fréquenter une femme mariée ».

Il y a des « mais » insurmontables, incontournables, irrémédiables : « J'aurais pu vous aimer mais je suis gay ».

Il y a des « mais » pour la forme, pour le principe de dire mais : « Je vous aime mais... je vous aime ».

Il y a les « mais » printaniers, les « mais » du mois de mai.

Il y a des mais répétitifs : « Mais oui je vous aime, mais oui ! Mais oui oui oui... Mais... Mais... Mais... ». Dans ce cas présent vous aurez remarqué que le « mais » répétitif est doublé d'un « mais » sans suite. Charge à l'interlocuteur de deviner ce qu'il y a derrière ce mais.

Il y des « mais » sucrés, des « mais » gourmands : « Je vous aime mais j'en aime aussi une autre ».

Des « mais » introspectifs : « Je vous aime mais je me pose des questions sur moi, sur vous, sur nous. Avons-nous réellement pris le bon chemin au bon moment ? Ne croyez-vous pas que peut-être... ».

Des « mais » truculents, des « mais » succulents, tout autant que des sucres lents : « Je vous aime mais je vous en prie, prenons notre temps ».

Des « mais » d'enfants : « Mais euh ! »

Il a le « mais » contenu et fair-play, relevant d'une certaine éducation : « Mais dis-moi chéri, qui est donc cette charmante jeune fille, entièrement nue dans notre lit ? »

Il y a le mais qui n'a peur de rien, façon cascadeur sans filet : « Mais chérie, je te le jure, je ne la connais pas ! » Il est souvent suivi comme son ombre par un de ces « mais » sortant tout droit de la bouche d'un soi-disant ami pour vous enfoncer plus encore : « Mais je te l'avais bien dit qu' ça finirait mal ».

La liste des « mais » pourrait être longue, infiniment plus longue mais peut-être pourrions-nous finir par évoquer ici le « mais » terre à terre, celui qui nous fait revenir à nos moutons...

Car Elsa et Mohamed, en ces premiers jours de l'automne 2012, doivent faire face à un de ces « mais » qu'ils n'avaient pas vu venir, occupés qu'ils étaient à s'aimer les yeux fermés.

Tellement de choses auraient pu les empêcher de se trouver, et tellement de choses pourraient à tout moment les séparer : elle la Normande pur sucre, et lui le Franco-Tunisien ; elle la fervente athée, et lui le musulman.

C'est une histoire vieille comme le monde, de tout temps des femmes et des hommes se sont affrontés au sujet de Dieu. Combien de guerres ? Combien de croisades ? Combien d'amours impossibles ? Elsa et Mohamed vont-ils, comme tant d'autres avant eux, faire de leur rapport à la religion un sujet de discorde ?

La toute première fois qu'ils abordent la question remonte au printemps de l'an 2009 :

Alors que Mohamed vient de rater quelques cours importants, c'est tout naturellement vers

Elsa qu'il se tourne pour se mettre à jour. Ils se retrouvent dans un troquet près de la fac et se posent tout au fond du café. Elsa sort ses cours, disposant feuilles et cahiers sur la table. Avant de les transmettre à Mohamed, elle veut lui montrer les différentes pages qu'il lui faudra photocopier. Le serveur vient les interrompre quelques instants, Elsa commande une bière et Mohamed un soda. Ce n'est pas la première fois qu'ils se retrouvent pour boire un verre. Elsa sait que Mohamed ne boit pas d'alcool. Elle n'a jamais relevé, mais ce jour-là, par curiosité, ou parce qu'elle ressent l'envie d'en parler, elle lui demande :

- Tu ne bois pas ?

- Si, un Schweppes, ça ne se voit pas !?

- Je veux dire, tu ne bois pas d'alcool ?

- Non.

- Par choix religieux ?

Oui, c'est bien par choix religieux, mais à vrai dire, Mohamed ne ressent pas une grande motivation à l'idée d'en parler. Pour l'avoir vécu bien des fois, il sait que la simple évocation du sujet a le don de faire naitre des débats sans fins, pas toujours productifs ni forcément très apaisés.

Il croit et pratique pour lui, sans zèle, à sa façon. Il n'aime pas juger les autres et n'aime pas qu'on le juge. C'est dans son jardin secret qu'il se plait à cultiver sa foi, dans une sorte de quête spirituelle intime entre doutes, questionnements, connaissances et croyances.

Le monde est rempli de gens qui pensent détenir le savoir, s'octroyant ainsi le droit d'imposer leurs vues aux autres. Lui, il ne sait qu'une seule chose : il a trouvé sa voie, son chemin, son équilibre, et il n'aime pas se sentir obligé d'en débattre. C'est pourquoi il répond simplement à Elsa : « Oui sans doute. Par choix, c'est ça ».

Elsa, par nature et par principe n'aime pas les interdits et les obligations, toutes ces choses qui selon elle vont forcément de pair avec la notion même de religion. Que des millions de femmes et d'hommes s'abstiennent de manger ceci ou de boire cela, simplement parce que quelqu'un se présentant un jour comme l'envoyé de Dieu en aurait donné l'ordre ou transmis le commandement, c'est une chose qui la dépasse, une chose qu'elle ne peut ni ne veut comprendre. Elle remet une pièce dans la machine : « c'est ton Dieu qui te l'interdit ? »

Mohamed, sentant la controverse poindre le bout de son nez, préfère changer de sujet aussitôt : « Donc pour les cours, tu peux me montrer ce que vous avez fait hier ? »

Quelques semaines plus tard, alors qu'ils s'en vont tous les deux prendre le métro à la fin des cours, Elsa propose à Mohamed d'aller boire un verre. Au moment de passer commande, elle lance au serveur : « deux bières », puis voyant Mohamed se raidir quelque peu, elle pose la main sur son avant-bras ajoutant dans un large sourire : « je plaisante ! » et s'empresse aussitôt de faire amende honorable : « Désolée pour l'autre jour, ce n'était vraiment pas très fin de ma part. »

Parions qu'elle a travaillé son effet, répété la mise en scène, gageons qu'elle ne l'a invité ce jour-là que pour lui dire très précisément ces quelques mots. Elle apprécie déjà beaucoup Mohamed et elle n'a pas envie de gâcher leur belle amitié pour quelque raison que ce soit. Mohamed fait mine qu'il a déjà complètement oublié cet épisode très anecdotique selon lui. Ils peuvent ainsi passer à autre chose.

Bien plus tard, et de façon beaucoup plus sereine, ils évoqueront le sujet, et même à plusieurs reprises, chacun se montrant à la fois curieux et respectueux de la pensée de l'autre et de sa façon de voir les choses, tout en actant à chaque fois qu'ils ne pourraient jamais s'accorder sur Dieu, pas plus que sur la notion de religion.

Ce n'est donc pas à propos de leurs différences culturelles, ni au sujet de leurs divergences philosophiques qu'il nous faut chercher le « mais » qui vient leur empoisonner la vie à l'orée de l'automne 2012. Mais où donc alors !? En fait, il n'est pas d'une grande originalité, c'est même si l'on peut dire, un classique du genre : lui veut aller plus loin, plus vite, s'engager, vivre avec elle sous le même toit.

Elle, prudente et mesurée comme à son habitude, se sent bousculée par ces envies qu'elle n'a pas vu venir. Elle aime leur relation telle qu'elle est. Elle n'en veut pas moins, pas plus, elle est heureuse et comblée. Elle a sa petite vie de son côté, cette liberté aussi à laquelle elle tient par-dessus tout. Elle ne veut pas mettre le doigt dans l'engrenage, pas maintenant, pas tout de suite. Un peu comme dans l'histoire du « mais » façon sucre lent. Elle sait le sujet sensible alors elle met des gants de velours bien sûr, pour lui dire qu'elle n'est « pas tout à fait prête », qu'il lui faudrait « encore du temps avant de pouvoir commencer à envisager cette idée », mais le fait est qu'elle ne peut pas lui mentir, elle ne peut pas lui dire « oui », juste pour lui faire plaisir.

Le voilà donc ce petit grain de sable de rien du tout, tombé d'on ne sait où atterrissant, on ne sait pas pourquoi, ni comment, exactement là où il ne faut pas, grippant les rouages d'une machine que l'on pensait si bien huilée. L'un et l'autre se braquent, oh pas de façon instantanée, non, petit à petit, intérieurement, doucement, jour après jour, rumination après rumination...

Sur le coup, Mohamed, surpris et déçu, prend la volonté d'Elsa de ne pas s'engager comme une hésitation, un manque probable de sentiment. Quelques jours plus tard, dans son esprit, le « probable » est devenu « évident ». Quant à Elsa, plus elle y pense, plus elle est convaincue qu'elle n'a malheureusement pas d'autre réponse à offrir à Mohamed.

Ils s'aiment sans aucun doute encore très fort au mois de mars 2013 quand ils décident d'un commun accord de mettre un terme à leur relation, concluant qu'ils n'ont pas « la même vision du couple », pas « les mêmes objectifs de vie ». Ils vont donc, selon la formule consacrée, « rester bons amis ».

Chapitre 12

Et puis merde !

Vous a-t-on déjà parlé de la théorie du « et puis merde » ?

Le « et puis merde » est une sorte de bulldozer de la pensée, un truc pas très fin ni très subtil, et somme toute assez radical. Mais un truc qui parfois, utilisé à bon escient, peut vous sauver la vie.

Tenez, pour prendre un exemple tout à fait tordu : imaginez que vous soyez de nature à avoir le vertige, et que malgré cela, ne me demandez pas pourquoi, vous avez pris l'avion ce matin, pas un avion de ligne, non, plutôt un avion militaire. À six mille mètres d'altitude, pas d'bol, le moteur chauffe, les hélices s'enrayent, c'est la panne sèche ! Distribution de parachutes, vous voilà au bord du vide. Là, généralement, vertige ou pas vertige, vous criez : « Et puis merde ! » et vous sautez.

Le « et puis merde », il faut bien le dire, comporte tout de même certains risques. Vous venez donc de sauter courageusement dans le vide, très bien ! Il vous faut maintenant ouvrir ce « putain de parachute de merde ».

Évidemment, vous n'aviez pas pris le temps de lire la notice, c'est ballot ! Vous voilà maintenant en chute libre à une vitesse approximative de cent mètres par seconde... À ce moment précis, il ne vous reste que deux options : soit vous cherchez à comprendre, en vous enferrant dans des questionnements du genre : « Mais comment ai-je pu en arriver là ? » en refaisant le film de votre journée, parfois même de votre vie, dans l'espoir de retrouver la trace du satané moment où tout a basculé ; en ressassant, en radotant, bref... en broyant du noir. Ou alors, foutu pour foutu, vous balancez un nouveau « et puis merde », en vous décidant à profiter de vos dernières secondes en contemplant le monde vu de là-haut : la mer de nuages, les merveilleux paysages, le soleil couchant, la lune naissante à l'autre bout du ciel, et puis le doux frisson du vent sur votre peau... Là, face à ce spectacle merveilleux, touché par la grâce de l'instant, vous pourriez même finir par en oublier le caractère inéluctable de votre chute, et vous exclamer dans un dernier sourire « Wahou, c'est génial ! »

Voilà résumée en quelques mots cette fameuse théorie du « et puis merde » : un lâcher prise s'exprimant soudainement à un moment critique de notre existence, nous faisant alors comprendre que nos peurs de toujours, nos questionnements sans fin, nos tiraillements obsessionnels, et tous ces principes que l'on a toujours crus ancrés en nous de façon immuable, sont en réalité des choses très relatives...

« Et puis merde ! »

C'est très exactement ce que se dit Elsa au moment d'appeler Mohamed, quasiment un an jour pour jour après leur rupture. Elle a été rude pour tous les deux, et surtout, elle a été radicale. Non, ils ne sont pas restés bons amis, ils ne se sont pas rappelés, ils ne se sont pas écrits. Est-ce parce qu'ils essayaient de s'oublier ? Est-ce parce qu'ils ne voulaient pas faire semblant ? Ou est-ce tout simplement parce que, obstinés comme ils peuvent l'être, chacun des deux attendait que l'autre appelle ?

C'est donc Elsa qui finit par prendre les devants. Mohamed, surpris, répond promptement. Au début, leur conversation est un peu étrange, ils ne savent pas trop quoi se dire, ou ne pas se dire, mais ils finissent par se parler franchement ; et s'il y a bien une chose sur laquelle ils sont d'accord, c'est qu'ils semblent être devenus étrangers l'un à l'autre, et que cette idée leur est insupportable.

Ils prennent alors la décision de se retrouver de temps à autre autour d'un café, histoire de rester en contact, de se donner des nouvelles, ou encore « de refaire le monde comme au bon vieux temps ». Ils se revoient, une, deux, trois, quatre, cinq, six, sept fois... Et le fait est, c'est indéniable, qu'ils s'aiment encore. Ils viennent de passer un an sans se voir ni se parler, et pourtant, aucun des deux n'a vraiment réussi à tourner la page ; ni l'un ni l'autre ne s'est engagé dans une nouvelle relation, un peu comme si, au fond d'eux, quelque chose ou quelqu'un leur disait : « Attends ! S'il te plaît, attends ».

Au mois de novembre, au cours d'un de ces cafés réguliers, au bout d'une heure d'un échange plutôt agréable et sympathique, mais sans grande profondeur, alors qu'Elsa vient de lui poser une question anodine sur son quotidien à « l'Épicerie des poètes », Mohamed lui lance en guise de réponse : « T'avais peut-être raison ». À l'évidence, aujourd'hui, il n'a aucunement l'intention de parler de son travail, ni de sa famille, ni même de leurs amis communs. Il a quelque chose d'important à avouer à Elsa :

- Pardon ?

- C'est peut-être toi qui avais raison. Ce n'était certainement pas encore le moment. On aurait pu sans problème avancer comme tu le suggérais « petit à petit », on n'était pas obligé de forcer les choses...

Ce n'est pas la première fois que Mohamed dépose les armes aux pieds d'Elsa, comme elle a pu, en d'autres occasions, en faire de même elle aussi.

Et bientôt, le double « et puis merde » aura raison du « mais » d'incompatibilité. Ils vont pouvoir reprendre leur histoire exactement là où ils l'ont laissée dix-huit mois auparavant.

Le cœur à l'outrage

« Il est temps d'instaurer
la religion de l'amour. »

Louis Aragon

Chapitre 13

Jusqu'au cou

Paris, mercredi 7 janvier 2015

Aujourd'hui, Mohamed est à Valenciennes, chez ses parents. Il a passé le nouvel an à Paris avec Elsa et quelques amis, mais puisqu'il ne reprendra le travail que la semaine prochaine, il est monté là-haut pour voir « papa et maman », profiter un peu de ses frangines et de ses frangins. Tous sont là, sauf Amir le cadet, qui excusez du peu, est parti terminer ses études d'infographie au Québec ! C'est Mohamed qui l'y a incité et qui l'a aidé à faire les démarches pour obtenir une bourse d'études. Ne dites surtout pas à sa maman qu'Amir risque peut-être d'y rester et de s'y installer, elle a déjà assez pleuré le jour où il lui a annoncé qu'il partait là-bas pour deux ans... Autant dire, une éternité !

Passer quelques jours à Valenciennes, c'est aussi l'occasion pour Mohamed de revoir quelques amis d'enfance avec qui il a gardé contact, comme son grand pote Rachid. Ils sont toujours restés très proches, et ne se sont pour ainsi dire jamais perdus de vue. D'ailleurs quand ce n'est pas Mohamed qui monte, c'est Rachid qui descend le voir dans la capitale ! Ils sont sortis hier soir tous les deux, et ont rejoint d'autres amis sur Lille. Ce n'est que tard dans la nuit qu'ils sont rentrés à Valenciennes, voilà qui explique sans doute pourquoi Mohamed tarde un peu à se réveiller ce matin.

Sur les coups de 11 heures, le voilà qui descend les escaliers, « enfin ! » doit se dire sa maman. Il a beau avoir près de trente ans, elle le considère toujours comme son bébé. Elle lui a préparé son petit-déjeuner comme à l'époque où Amir et lui apprenaient à lire et à écrire à l'école Saint-Exupéry.

Elsa quant à elle est à Paris, où elle a déjà repris le boulot depuis quelques jours. Elle a bossé assez tard hier soir et donc ce matin, elle a décidé de s'octroyer un peu de repos. Il est 10 heures quand elle sort de chez elle, pour s'en aller flâner dans ce quartier de Ménilmontant qu'elle aime tant, et où elle a ses repères. Elle passe par la petite libraire du coin tenue par son ami Hafid, récupérer un roman qu'elle lui avait commandé avant les fêtes de fin d'année. Puis elle va s'installer un peu plus bas, au bar de la Pétanque, pour lire, écrire et aussi s'adonner à son passe-temps favori : écouter les conversations des gens, noter des anecdotes, et parfois, quand elle arrive à vaincre sa timidité naturelle, s'en mêler un peu, pour le plaisir, pour le partage.

Il est 11 h 30. Ils sont à deux cents kilomètres de distance, tous les deux attablés autour d'un café. À Valenciennes comme à Paris, le ciel est relativement dégagé pour un mois de janvier. C'est, pensent-ils, une belle journée qui s'annonce...

Ce dont nos amis sont loin de se douter, c'est qu'à quelques rues à peine du café où se trouve Elsa, la rédaction du journal satirique *Charlie Hebdo* est sur le point d'être attaquée par les frères Kouachi. Dans quelques secondes à peine, un attentat terroriste va avoir lieu en plein cœur de Paris, des femmes et des hommes vont mourir dans un bain de sang, mourir pour un dessin ; comme d'autres en d'autres temps ont pu mourir pour une chanson, pour un livre, pour un poème, ou pour un mot, un seul...

Il est midi et quart quand Rachid appelle Mohamed :

- Tu as vu ?

- Quoi ?

- L'attentat.

- Quel attentat ?

- *Charlie Hebdo*...

- Non, j'ai pas vu.

- Allume la télé, regarde !

Mohamed se dirige vers le salon, et se saisit de la télécommande pendant que Rachid continue :

- Les mecs sont entrés avec des fusils-mitrailleurs...

- Oh putain.

- Ils ont crié « Allah Wakbar ».

- Et merde !

- Et là : carnage.

- ...

- Ils les ont tous buttés...

- Putain de merde !

- Tu l'as dit mon pote. Putain de merde !

- C'est qui ces mecs ?

- À ton avis ? Des terroros, des tarés, des psychos.

- Ça a été revendiqué ?

- J'en sais rien Moh, j'en sais rien...

Mohamed ne tarde pas à raccrocher, car sa première pensée va bien sûr à Elsa qu'il appelle aussitôt.

Elle aussi vient d'apprendre la nouvelle, en même temps que tout le monde dans le café. Sur place, après l'indignation et la colère, c'est la panique, pour ne pas dire la psychose, qui s'empare peu à peu des lieux et des esprits... On dit que les deux hommes se sont enfuis, qu'ils pourraient être n'importe où et surtout, qu'ils pourraient être là tout près. Mohamed ne sait pas trop s'il doit demander à Elsa de vite rentrer chez elle, ou lui conseiller de rester avec tous ces gens dans le café.

« Je reste là pour l'instant » lui dit-elle. Le patron du bar essaie de se montrer rassurant, rappelant à tous qu'on est quand même « un peu loin de *Charlie* », « dans une petite rue », jurant que les fuyards « ne viendront jamais jusqu'ici »... Mais au fond de lui, on peut facilement parier qu'il ne doit pas être des plus sereins. Tout le monde suit les informations sur place. Mohamed reste de très longues minutes au téléphone avec Elsa, raccroche, puis rappelle. Raccroche, puis c'est elle qui le rappelle... Et c'est ainsi pendant une bonne heure, jusqu'au moment où les frères Kouachi sont vus en voiture du côté de la porte de Pantin, partant en direction du Nord. Apprenant la nouvelle, Elsa se décide à rentrer chez elle.

Quant à Mohamed, après s'être empressé de ranger ses affaires, le voilà qui prend le premier train en direction de Paris, au désespoir de ses parents qui auraient préféré qu'il reste encore deux ou trois jours à la maison « le temps que ça se calme un peu ». Il leur promet évidemment qu'il fera très attention à lui, et qu'ils ne doivent surtout pas s'inquiéter. Au moment de les embrasser, il le leur répète encore.

Il s'en va rejoindre Elsa, passer la soirée avec elle, au chaud, à l'abri, chez lui probablement, dans le quatorzième arrondissement.

De son côté, Elsa est heureuse de savoir que Mohamed rentre plus tôt que prévu, mais si lui s'inquiète pour elle, elle aussi s'inquiète pour lui. Entre eux, c'est ainsi. Elle ne peut pas s'empêcher de penser qu'il pourrait peut-être, on ne sait jamais, être confondu avec je ne sais qui, par des policiers à cran...

À 17 heures, alors que Mohamed file à grande vitesse en direction de la capitale, Elsa se trouve place de la République où se tient un premier rassemblement en hommage aux victimes. Elle tenait absolument à y être, ne serait-ce qu'une petite heure. Dix mille personnes, peut-être plus, ont répondu à l'appel, la place est bondée. Les pancartes et les tags « je suis Charlie » se mêlent au slogan « liberté d'expression ».

Elsa y est venue seule, elle déambule au milieu de la foule, elle se recueille à sa façon, elle écoute les gens parler, elle se perd dans ses pensées. Là-bas, au pied de la statue, voilà que les bougies fleurissent, et les mots et les hommages... De ses grands yeux, Elsa capture chacune de ces images. À 18 heures, le visage fermé et la mâchoire serrée, elle quitte les lieux.

Il est 18 h 30, Mohamed vient tout juste d'arriver chez lui. À peine a-t-il eu le temps de poser ses affaires et, comme convenu, d'appeler ses parents, qu'il entend Elsa frapper à sa porte.

C'est là sur le palier qu'ils tombent dans les bras l'un de l'autre. Elsa a ces mots : « Je crois qu'on est dans la merde ». Ce à quoi Mohamed répond : « jusqu'au cou ».

Carnet d'Elsa - 8 janvier 2015

La semaine dernière, si vous m'aviez demandé ce que je pensais de Charlie Hebdo, *je vous aurais sans doute répondu que je n'aimais pas ce journal. À vrai dire, j'ai toujours trouvé leurs dessins trop gras, et leurs titres trop vulgaires pour moi, jamais très fins, ni vraiment subtils...*

Mais oui ! Je me faisais un devoir d'être là sur cette place, hier à la nuit tombée, au milieu de tous ces Charlie. *Je sais qu'il y avait des milliers de gens comme moi, pour qui répondre présent était un acte normal et naturel ; un acte absolument nécessaire, en hommage aux victimes bien sûr, et aussi pour défendre ensemble cette chose qui nous est chère, ce bien commun qui nous est sacré, ce précieux trésor que nous ont légué celles et ceux qui nous ont devancés, qui se sont battus et qui sont morts pour l'obtenir : notre si belle liberté d'expression !*

Je le sais aussi, je l'ai vu, je l'ai entendu, je l'ai senti, il y avait parmi nous d'autres gens beaucoup moins sincères, beaucoup moins sains, profitant de l'horreur pour semer la confusion, la haine et la peur. Oui ! J'ai entendu hier soir des atrocités de la part de gens qui mélangeaient absolument tout et qui pensaient pouvoir désormais se lâcher...

Je crois qu'ils étaient minoritaires, en tout cas je l'espère, mais le fait est que les xénophobes de tous poils étaient de sortie eux aussi. L'occasion était trop belle ! Et ils ont su en profiter. Eux et les terroristes marchent toujours ensemble, ils vont de pair : quand l'un progresse, l'autre prospère...

Je me suis sentie mal d'être dans le même rassemblement que ces gens. Oh ce n'est pas moi qui n'étais pas à ma place, ce sont eux qui n'avaient rien à faire là ! Et pourtant, c'est bien moi qui suis partie la première, ne supportant pas de les sentir juste là dans mon dos, à ma droite, à mon extrême droite.

Chapitre 14

Maudit soit-il

Une tempête s'est levée et nous ne l'avons pas vue venir. Des vents d'une extrême violence nous ont frappés sans prévenir, faisant voler en éclats ce que nous avions de plus fragile. Dame terreur est heureuse, la peur règne sur la ville.

Avons-nous foi en nous-mêmes autant qu'en notre voisin ? Formons-nous une famille ou ne sommes-nous les uns pour les autres que des numéros placardés sur des portes, des noms sur des boîtes aux lettres ? Sommes-nous de ces gens qui se tolèrent vaguement, daignant vivre côte à côte mais sans jamais se mélanger ? Pas trop près s'il vous plaît ! Et dos à dos de préférence... Sommes-nous de ces autres ? Feignant de se connaître, échangeant chaque jour quelques mots sans saveur au pied d'un ascenseur ou au coin d'une rue, quelques sourires forcés, quelques gestes convenus.

Dans les jours qui suivent ce funeste 7 janvier, Elsa et Mohamed prennent le temps de se poser toutes ces questions et d'y apporter leurs réponses, essayant d'y voir clair ensemble. Et alors que les télés, les radios, les journaux et les réseaux sociaux sont en pleine effervescence, alors que tout le monde ressent le besoin de dire quelque chose, de partager son émotion, de donner son avis, de livrer son analyse, de faire ses commentaires... Ils décident quant à eux d'éteindre leurs téléphones et leurs ordinateurs portables, en prenant bien soin de ne surtout pas allumer la télévision.

Ils n'acceptent pas l'idée de n'être que des spectateurs indignés assis dans leur canapé, consommateurs passifs d'une actualité nauséabonde, suivant sur une chaîne d'information en continu la traque des terroristes minute par minute, voyant défiler le ballet des irresponsables politiques soufflant à souhait sur des braises ardentes.

Certains pourraient en déduire qu'ils veulent « déconnecter », mais en réalité leur envie est toute autre : sortir ! Ne surtout pas rester enfermés, voir des gens en vrai, faire des petites choses très simples, échanger, se retrouver... Ils passent trois jours et trois nuits dehors, dans le quartier autour de chez Mohamed, et c'est ainsi qu'au hasard d'un marché, au coin d'une rue, dans un troquet, ou dans les allées d'un petit parc, à chaque fois qu'ils le peuvent, ils prennent le temps d'échanger avec les gens qu'ils croisent, parlant de tout et de rien.

Aussi, ils ne participent pas à la grande marche du 11 janvier. Défiler derrière quelques-uns des plus beaux escrocs et des plus grands dictateurs de notre époque, s'affichant tout sourire main dans la main, c'est définitivement trop demander à ces deux-là. Ils ne peuvent pas s'empêcher de penser que s'il était encore au pouvoir, Ben Ali ne ferait pas tâche sur la photo !

Ce jour-là, ils préfèrent donc répondre à l'invitation de Solenn leur amie bretonne. Ils sont une bonne quinzaine à se retrouver chez elle, dans la banlieue nord de Paris, passant une bonne partie de l'après-midi à refaire le monde autour de crêpes au sucre, au miel, ou à la confiture.

Aux environs de 18 heures, alors qu'Elsa est embarquée dans une de ces grandes discussions sans fin dont elle a le secret, Mohamed décide subitement de rentrer chez lui. Il lui signifie juste qu'elle peut le rejoindre plus tard dans la soirée si elle le souhaite.

Elsa connaît Mohamed mieux que personne, elle sait ce que cela veut dire : il a besoin de se retrouver seul un moment. Elle lui fait signe de la main pour lui dire que tout est OK, puis elle reprend aussitôt le cours des débats.

Deux heures plus tard, chacun est rentré chez soi, enfin presque... Elsa et Solenn se retrouvent à jouer les prolongations en tête à tête comme deux vieilles copines de fac qu'elles sont. Il n'est plus question pour elle de refaire le monde, mais plutôt de raviver quelques souvenirs cocasses, et d'échanger un peu sur leurs amis, leurs amours et leurs emmerdes.

À 22 heures, sortant de chez Solenn, Elsa appelle Mohamed pour savoir ce qu'il fait :

- Oh rien de spécial, j'écris un peu.

- Je m'en doutais ! Quand je t'ai vu partir, j'ai compris que ça mijotait, là-haut dans ta caboche.

- C'est vrai ! En écoutant les copines et les copains parler tout à l'heure, je me suis rendu compte à quel point les terroristes ont réussi à nous faire mal ! Et puis toutes ces questions qu'ils me posaient sur l'islam, sur le Coran, sur le prophète Mohamed...

- Il n'y avait rien de méchant tu le sais ?

- Oui bien sûr ! venant d'eux, je sais que ce n'était pas malintentionné. Ils cherchaient à comprendre, c'est normal. On cherche tous à comprendre ! Mais je me suis dit d'un coup que ce serait bien que j'écrive un truc sur tout ça.

- C'est important pour toi ?

- Oui.

- Je veux dire, c'est important parce que tu t'appelles Mohamed et que tu es musulman ?

- Non ! Parce que j'ai des choses à dire ! Des choses que j'ai envie de partager.

- Alors j'ai hâte de te lire ! Je suis sûre que tu sauras trouver les mots.

- C'est gentil, merci ! En fait, le texte est déjà quasiment fini. À vrai dire, les mots me sont venus très vite. Je crois que ça faisait plusieurs jours qu'ils attendaient que je leur ouvre la porte...

- Alors, dans ce cas, si ça ne te dérange pas, je veux bien venir te rejoindre et être la première à le lire.

- Oui, bien sûr !

- OK. Je prends le métro, à tout de suite !

Le 11 janvier à 23 h 32, Mohamed postait ce texte sur sa page Facebook :

Maudit soit DAESH !

Maudit soit celui qui sème la mort en notre sein
Maudit soit-il ! Non je n'ai pas peur de défier cet assassin

Maudit soit-il et tous ceux qui l'ont enfanté
Maudits soient ceux qui le soutiennent
Maudits soient ceux qui le tolèrent
Ceux-là font naître notre colère

Maudits soient ceux qui commercent avec lui
Ou grâce à lui
Du pétrole, du pain ou des armes
Trafic de drogues, trafic d'organes

Et maudits soient, si bien cachés
Ceux qui parient sur sa victoire
« Sait-on jamais… »

Maudits soient ceux qui entretiennent la psychose
Tellement utile à leurs yeux, si nécessaire à leur cause

« Ressuscitez Charles Martel
Et Saladin et tous les autres
Une croisade, ça fait longtemps
Ça fait du bien, il était temps
On a de vieux comptes à régler »
Maudits soient ceux qui se nourrissent
De ses méfaits et de ses crimes
Ou quand l'humanité s'abîme
Qu'elle se désole face au miroir de ses vilaines turpitudes
De ses affreuses certitudes, de ses foutues habitudes

Maudits soient ceux qui n'en disent mot
Qui laissent faire « on verra bien »
Non le silence n'est pas un crime
Il n'est que permission passive
Pour que les choses jamais ne changent

Maudit sois-tu !

Maudits soient ceux qui au fond d'eux
Oh oui ! bien sûr, sans l'avouer
À chaque fois qu'un innocent
Sous l'infamie vient trépasser
Trinquent à ta santé
« Homme courageux qui a osé
Faire ce que Dieu lui demandait »

« Tu parles à Dieu ? »
Toi qui n'as jamais su parler aux hommes
Ni à ta sœur, ni à ton frère
Toi qui fus renié par ton père
Le jour maudit où il comprit
Que pour ton âme et ton esprit
Il ne pouvait plus rien faire
Toi qui fis tant pleurer ta mère
De larmes rouges, au sang amer
Toi qui fis naître en son esprit
Et au plus profond de son cœur
L'affreux remord
Celui d'avoir donné la vie
À quelqu'un qui sème la mort

Bénie soit-elle !
Elle n'y peut rien
Si le Diable un maudit matin
S'est emparé de son fils
Fit de lui son odieux complice
Maudit sois-tu
Et tous ceux que
Tu rends heureux
Qui reprennent vie
À chaque fois que tu sévis

Maudits soient ce « vous »
Que vous invoquez sans cesse
Il n'y a pas de Paradis
Pour les gens de votre espèce
Hâtez-vous ! Déguerpissez sans plus attendre
Foutez le camp, allez mourir

Et longue vie à tous les autres
À nous, nos rêves et nos enfants
Puissions-nous un jour bientôt
Voir enfin naître un jour sans vous

Pendant ce temps, quelque part au-dessus de la mer Méditerranée, un oiseau se met à chanter :

Chacun sa route, chacun ses romances
Chacun ses doutes, chacun ses croyances
Ici, une seule certitude
On vogue sous les mêmes latitudes

Mais toi qui sais tout, toi qui parles fort
Toi l'âme pure, toi qui n'as jamais tort
Si tu veux pas qu'on t' fasse ta fête
Viens pas traîner sur ma planète

Sur ma planète
Y a des foireux, des bandits
Des gens pas nets
À la télé c'est c'qu'on en dit
Sur ma planète
Ne frappez pas, c'est défendu
Sur ma planète
Soyez tous les bienvenus

Chapitre 15

Te souviens-tu Tunis ?

Le 11 mars 2015, Elsa doit quitter Paris et Mohamed pour deux mois, afin d'aider la troupe dont elle s'occupe à préparer sa nouvelle création. C'est un spectacle mêlant cirque et théâtre, et dont l'histoire se passe dans la France de 1936. « 1936 » c'est d'ailleurs le titre de ce spectacle que les comédiens et le metteur en scène veulent à la fois drôle et profond ; une comédie sociale qu'ils joueront en avant-première cet été à Avignon, et pour laquelle la troupe est en résidence de création dans le centre de la France. C'est Elsa qui a rendu tout ça possible ! Et c'est elle qui suit, qui gère et qui organise.

Avec Mohamed, ils se sont dit qu'ils essaieraient quand même de se voir un peu durant ces deux mois. Lui viendrait une fois ou deux à Clermont-Ferrand, lieu de la résidence, et elle monterait sur Paris, dès qu'elle en aurait l'occasion.

Mais surtout, à la demande d'Elsa qui adore ça, ils se sont promis de s'écrire souvent, pas des textos, ni des emails, non ! Des lettres, des vraies, faites d'encre et de papier, pliées en trois ou en quatre, glissées dans des petites enveloppes, envoyées par la poste, puis récupérées au petit matin après le passage du facteur…

La première lettre que Mohamed envoie à Elsa n'est malheureusement pas une douce déclaration d'amour. Elle est écrite sous le coup de la colère, le 18 mars après-midi, alors qu'un attentat vient de frapper Tunis en plein cœur le matin même, dans l'enceinte du musée du Bardo. Un attentat encore revendiqué par DAESH, et faisant cette fois vingt-deux morts.

Ma chère Elsa,

J'aurais aimé t'écrire cette lettre dans un tout autre contexte, tu le sais, mais pardonne-moi, il faut que ça sorte et je ne sais pas à qui d'autre je pourrais dire tout ça.

Tu te souviens Tunis ?

Tu te souviens nous deux là-bas ?

Tu te souviens la beauté de ce pays, la fougue et la foi de sa jeunesse ?

Princesse Elyssa, te souviens-tu de Carthage ?

Princesse Didon, te souviens-tu de notre révolution ?

Qu'ils me paraissent loin ces jours où l'on défilait fièrement sur l'avenue Bourguiba. Aujourd'hui c'est le terrorisme qui gagne, le terrorisme encore, le terrorisme toujours. En janvier à Paris, maintenant à Tunis...

Au moment où je t'écris ces mots, alors que vient de survenir ce drame, je regrette tellement de n'avoir pas pu t'amener voir ce beau musée du Bardo. Tu aurais compris plus encore pourquoi j'ai mal autant.

Ces fresques, ces sculptures, ces mosaïques, ces trésors... Au-delà de l'histoire qu'ils portent, j'aurais aimé que tu voies leur beauté. Et au-delà de leur beauté, je sais que tu aurais adoré découvrir leur histoire !

Je nous imagine tous les deux déambulant dans les allées du Bardo, de salles en salles, de vastes empires en grandes civilisations... Voilà que quelque part entre Rome et Byzance, nous nous perdons de vue quelques instants. Je te devine alors, contemplative et curieuse, lisant scrupuleusement les descriptions de chaque scène représentée. Et soudain, je te vois revenant vers moi les yeux brillants, heureuse de me prendre par la main pour me faire découvrir, juste-là au pied d'une fresque monumentale, un tout petit objet d'une invraisemblable beauté, ou encore pour me faire part d'une autre de ces improbables coïncidences historiques...

Les victimes d'aujourd'hui, ce sont des gens venus des quatre coins du monde, qui faisaient halte dans ce musée pour s'instruire ou se rappeler que ce pays, son sol et sa terre, ont accueilli des civilisations parmi les plus grandes. Trois mille ans d'histoire insultés, et vingt-deux vies enlevées... Au nom d'Allah !

Je repense à mes parents, à ce qu'ils m'ont enseigné de leur religion, eux les croyants tranquilles, membres de cette communauté plus large encore : celle des gens tranquilles. Comment oublier ces quelques mots de mon père, qu'il nous répétait souvent avec son accent du bled et sa façon de rouler les R comme des grains de couscous : « la religion, c'est à la maison ! Tu fais pas les emmerdes aux gens, et tu laisses pas les gens t'emmerder. Chacun sa vie, c'est comme ça ! ». Oh mon père n'est certainement pas un grand savant, ni même un grand pratiquant, enfin pas à la façon dont pourraient le penser certains muftis auto-proclamés. Sa vie à lui s'est toujours limitée à des choses très simples : travailler, s'occuper de sa famille, être bien avec les gens, ses amis, ses voisines et ses voisins. Ça a toujours été sa façon à lui d'être un bon être humain, un bon musulman. Et ma mère, qui est peut-être, je crois, un peu plus instruite que lui, n'est pas bien différente. Pour elle, la seule chose qui a toujours compté, aujourd'hui encore, c'est l'avenir de ses six enfants, leur situation. Je l'ai vu prier Dieu chaque jour pour que chacune et chacun d'entre eux puisse fonder un foyer, trouver un travail, acheter une maison, qu'elles aient et qu'ils aient un premier enfant, un deuxième, ou un autre encore... Qu'ils soient heureux dans leur foyer, que leurs problèmes s'arrangent bientôt, et puis aussi c'est vrai qu'ils soient eux aussi, à leur tour, des bonnes personnes, des bons musulmans... Pour elle comme pour lui, il y a toujours eu une seule chose à éviter dans la vie : « faire du mal aux gens ».

Tu le sais, on en a souvent parlé, j'ai hérité de cette religion, celle de mes parents, je l'ai faite mienne, et je l'aime. On a tellement de fois échangé sur ce sujet tous les deux, je sais ce que tu en penses et tu sais ce que j'en pense. Pour moi, personne sur Terre ne peut répondre avec certitude aux grandes interrogations du monde : de sa naissance, de la vie, de la mort, de l'âme, de l'avant, de l'après, de l'infini, de l'univers, de Dieu, du hasard... Certains croient en certaines choses, d'autres croient qu'il n'en est rien, et d'autres encore s'en foutent complètement ! Pour eux se poser toutes ces questions n'est que perte de temps. Mais dans tous les cas, personne ne peut dire qu'il sait.

La tyrannie, quelle qu'elle soit, commence très exactement au moment où certains d'entre nous se persuadent qu'ils détiennent la vérité. Pour eux, les autres ne sont alors que des « ignorants », des « mécréants » ou des « sauvages » qu'il faut faire « entrer dans le droit chemin », « pour leur bien » ; et si ces autres refusent de « voir la lumière », alors ils seront considérés aussitôt comme des entités hostiles, des ennemis de la cause, des gens à abattre...

Il y a très certainement des choses qui me dépassent, et je ne sais pas comment expliquer l'omniprésence soudaine de ce DAESH, cette internationale du crime dont il y a un an à peine personne n'avait jamais entendu parler : cette secte, cette mafia comme on en a rarement vu ; ses cellules de recrutement, son discours si bien rodé à l'attention de tous les jeunes paumés de la planète, pour pouvoir les attirer dans les filets du « Grand Djihad ultime » ; et que dire de sa puissance financière ? De ces fonds sans fin qui lui permettent d'embaucher, de former, de payer et d'armer des bataillons entiers de candidats à la débauche éternelle...

J'ai mal Elsa
Je pense à toi
Tu me manques
À bientôt.

Chapitre 16

Le soleil et la pluie, tour à Tours

Elsa reçoit la lettre de Mohamed le vendredi 20 mars aux alentours de midi et quart. D'ordinaire, elle aime prendre son temps. Avant de décacheter une enveloppe, elle prend la précieuse lettre tout contre elle, elle la cache presque, puis elle l'emmène dans un endroit retiré. Là, elle la regarde sous tous les angles, elle l'apprivoise, elle la sent, oui ! elle la sent, puis elle la range ! Pour certains, tout cela pourrait paraître étrange... Et ce n'est que plus tard, parfois le lendemain ou encore la nuit d'après, qu'elle sort l'enveloppe de sa poche ou de dessous son oreiller, et qu'enfin elle l'ouvre... C'est ainsi ! Pour Elsa, envoyer une lettre est un acte rare qu'il faut honorer.

Mais aujourd'hui, elle sait qu'il lui est urgent de lire Mohamed. À la vue du facteur, elle court à sa rencontre, se saisit de la lettre qu'il lui tend, prend le temps de le remercier dans un large sourire sincère, puis s'en retourne ouvrant déjà l'enveloppe.

Elle a eu Mohamed plusieurs fois au téléphone ces derniers jours, ils ont eu l'occasion de parler longuement ; Elsa savait donc qu'il n'allait pas très fort, mais en lisant sa lettre, elle se rend compte à quel point il a du mal à encaisser.

Elle le rappelle aussitôt, en lui proposant de passer le week-end ensemble, prétextant qu'elle aussi a besoin de décompresser un peu. Elle improvise en lui disant qu'ils pourraient se retrouver à mi-chemin. En même temps qu'elle lui parle, elle regarde sur internet : « à Bourges ou... à Tours, c'est joli Tours ! Sa vieille ville, ses restos, ses bars et puis... la Loire ! On pourrait accueillir le printemps, tous les deux sur les berges de la Loire, ce serait chouette non !? En plus je suis sûre qu'il va faire beau ce week-end (après avoir prononcé cette phrase, la page internet de Météo France s'affiche, et ne fait pas exactement les mêmes prévisions qu'Elsa, mais elle se garde bien de dévoiler ce léger détail à Mohamed).

Les voilà donc, en ce samedi 21 mars 2015 dans la vieille ville de Tours... Sous l'averse ! À couvert sous leurs manteaux en guise de parapluie de fortune, ils courent à la recherche d'un café où s'abriter. Elsa fait mine de s'étonner : « je ne comprends pas, ils avaient pourtant prévu du beau temps ».

Ils en riront de bon cœur, quelques minutes plus tard, quand ils seront à l'abri, attablés autour d'un bon chocolat chaud. Mais pour l'heure, continuant de courir sous le déluge tourangeau, Mohamed ne se prive pas de répondre : « Tu sais, moi aussi je l'ai regardée la météo. C'est étrange, je n'ai jamais vu le grand soleil dont tu me parlais ». Et Elsa de conclure avec aplomb : « Ah bon !? Alors, il va falloir que je change de site, celui que j'ai consulté n'est pas très fiable ».

Non ! Ils ne sont pas allés accueillir le printemps sur les berges de la Loire mais, ceci dit, ils sont allés voir un très beau film, avant de se poser et de se régaler à la table d'un merveilleux petit restaurant typique, au cadre chaleureux.

Oui, bon d'accord, il ne sert à rien d'embellir inutilement le tableau : en réalité, ils ont mangé à l'arbalète, aux douze coups de minuit, dans un snack-kebab. C'était le seul endroit encore ouvert à leur sortie du cinéma, après les trois heures quarante du film d'auteur très moyen choisi par...

... Non, je ne vous dirai pas qui des deux tenait absolument à voir ce navet qu'une amie lui avait recommandé. Il ne sert à rien de faire ici de la délation, et puis ce serait tellement facile, après coup, de contester les choix d'Elsa.

Enfin peu importe, soleil ou orage, ils ont passé une agréable journée, une belle soirée et une douce nuit. Ils ont beaucoup ri aussi, de tout et de rien. Ils en avaient grand besoin, Mohamed surtout.

Chapitre 17

Cramponne-toi quoi qu'il arrive

Lampedusa, dimanche 19 avril 2015

Une année, me direz-vous, ça ne pense pas. Une année, ça n'agit pas. Une année, ça n'a pas d'âme, pas de vie en soi. Une année, ça voit passer les jours, voilà tout. Ce n'est rien d'autre qu'une page blanche, ou un tableau vide comportant trois cent soixante-cinq ou trois cent soixante-six cases à remplir... Et pourtant, il y a des années dont on ne peut s'empêcher de penser qu'elles sont intrinsèquement mauvaises ou malveillantes, tant elles font la part belle aux drames et aux tragédies. Des années qui vous mettent littéralement au tapis.

Vous voilà face à l'une d'entre elles. À peine vous êtes-vous relevé de son dernier mauvais coup, qu'elle vous en remet un autre, puis un autre, et un autre encore... Elle vous prend, elle vous enchaîne, elle vous met dans les cordes, elle vous fait mal. Le combat commence à peine, il doit durer douze rounds, douze interminables mois durant lesquelles vous allez essayer d'encaisser, de tenir debout jusqu'au gong. Enfin une pause ! Un répit avant la prochaine reprise. Vous cherchez à reprendre votre souffle, coupé, vous pissez du sang de partout, vous n'en pouvez plus, on vous asperge d'eau encore et encore, on vous encourage, « allez c'est pas fini » « Oh ! Pas question de jeter l'éponge, allons... » Vous, vous n'avez qu'une seule envie, passer directement au combat de l'année prochaine. Oui, l'année prochaine sera sans aucun doute plus douce, moins coriace, moins violente, moins acharnée... Parce que celle-là, c'est un véritable rouleau compresseur, une machine à tuer. Jusqu'au bout, elle fera tout pour que vous ne fassiez jamais le combat d'après. Elle mettra toute son énergie, toute sa force, pour sans pitié, vous mettre KO avant la dernière reprise.

Mardi 21 avril 2015

Elsa est dans la petite maison de campagne où répète la troupe dont elle s'occupe, à quelques kilomètres à peine de Clermont-Ferrand. Elle est dans son bureau, à l'étage : une vieille pièce tout en pierre, qui fait l'angle de la maison, avec un vieux parquet en bois, et de grandes fenêtres quadrillées ;

Elsa en a une grande juste devant son bureau, et une autre à sa droite d'où elle peut voir la campagne aux alentours, le puy de Dôme là-bas au loin, et juste en bas, la petite route qui mène à l'entrée du village.

Alors que le soleil et quelques dizaines de ses rayons s'invitent dans la pièce, Elsa ouvre la lettre qu'elle vient de recevoir de Mohamed. Cette fois encore, il ne s'agit malheureusement pas d'une déclaration d'amour...

Ma douce Elsa,

J'espère que tout va bien pour toi et que tout se passe comme tu veux là-bas à Clermont.

J'aimerais tellement, tu le sais, pouvoir là, ici, maintenant, te parler de choses qui nous feraient rire et sourire tous les deux, mais je suis...

... Écœuré n'est pas un mot assez fort pour traduire le dégoût qui est le mien.

La nuit dernière, tu l'as vu certainement aux infos comme moi, un bateau avec à son bord sept cents migrants, a chaviré au large des côtes de Lampedusa. La semaine dernière, on en avait parlé au téléphone, deux autres naufrages avaient déjà fait plus de quatre cents morts... Et la semaine prochaine ? Et celle d'après ? Et jusqu'à quand ?

Ces victimes n'auront jamais la chance d'être honorées ! On n'écrira jamais leurs noms, ni leurs prénoms sur aucune stèle. Aucun monument ne viendra jamais s'ériger face à nous pour que l'on se souvienne ! On ne verra jamais aucun de leur visage. On ne descendra jamais dans les rues par dizaines de milliers pour crier haut et fort « nous sommes tous des réfugiés !» Des fois je me dis que ces gens ne nous ressemblent pas assez pour que l'on puisse avoir mal quand ils meurent. Et quant à ceux qui arriveront sains et saufs chez nous, ils deviendront aussitôt un « problème à régler ».

Le monde va mal Elsa. Des fois, je me dis qu'on ferait mieux toi et moi, de s'envoler tous les deux pour de bon, loin de tout ça.

Et puis l'instant d'après, je pense que non, il faut qu'on reste et qu'on se batte, qu'on prenne notre part.

Quand un jour la terreur vient frapper à nos portes, on se rend compte alors que notre liberté vaut cher ! On se rend compte aussi qu'on avait oublié à quel point elle était fragile. Dans ces moments-là, on se souvient peut-être qu'un peu partout sur Terre, il y a des gens qui en sont privés et qui nous l'envient. On y pense, puis on oublie. Peut-être est-ce normal, peut-être est-ce humain...

Mais quand ces gens arrivent jusqu'à nous, quand ils viennent s'échouer sur nos rivages, que fait-on putain de merde ? On ferme les yeux en se disant que ça passera, que demain ils ne seront plus là, on feint de ne pas les voir, on détourne le regard, l'air de rien, « Vite ! Pensons à autre chose ».

On préfère bâtir des murs pour être bien sûrs de pouvoir dire « on n'a rien vu, absolument rien ! Croyez bien que si ça avait été le cas, on aurait agi, évidemment !»

Aucun de ces pauvres gens ne nous attaquera en justice, aucun de nous ne sera jamais condamné pour non-assistance à êtres humains en danger... Qu'est-on en train de devenir Elsa ? Qu'est-on en train de devenir ?

Je veux bien que tu me donnes les contacts de tes amis qui travaillent dans les assos d'aide aux réfugiés. Je vais voir comment je peux aider un peu à mon niveau, je n'ai que ça à faire... Je ne veux surtout pas rester là comme un con devant ma télé, devant mon ordi. Je sais, c'est atroce, il faut toujours que l'on voie des choses horribles pour se bouger après coup, je n'échappe pas à la règle...

Pardonne-moi encore si je suis un peu confus.

Tu me manques, j'ai hâte de te retrouver bientôt.

Je t'embrasse.

À peine a-t-elle fini de lire cette lettre, les yeux humides, touchée et outragée elle aussi ; à peine l'a-t-elle pliée et remise dans son enveloppe, qu'un grand oiseau migrateur, semblant venir tout droit d'un lointain pays en guerre, se pose à sa fenêtre et lui rapporte cette histoire :

Enfant qui court entre les flammes
Sous les bruits sourds les cris d'alarmes
Adieu bonheur, douceur tranquille
À nous terreur exode et exil

Sommes-nous les seuls ? Sommes nous les premiers ?
Sommes nous les seuls ? Sommes nous les derniers ?

Voici le Diable venu sur Terre
Méconnaissable visage d'un frère
Autant de haine se peut-il encore ?
Qu'une âme humaine habite ce corps ?

Qui lui a vendu toutes ces armes ?
Qui lui ordonne ces actes infâmes ?

Viens ma fille, viens mon ange
Aujourd'hui nous prenons le large
Cramponne-toi quoiqu'il arrive
Tu n'échoueras pas sur l'autre rive

Sommes-nous les seuls ? Sommes nous les premiers ?
Sommes nous les seuls ? Sommes nous les derniers ?

Elsa s'approche de la fenêtre, l'oiseau s'envole. Elle reste là de longues minutes à le regarder partir au loin, jusqu'à le voir disparaître au milieu d'un sombre nuage en forme de bateau.

Elle baisse les yeux, et voit alors juste en bas, au bord de la route, un jeune chat errant, il a, semble-t-il, lui aussi, une histoire à raconter :

Les coups de sang, les coups du sort
Les coups toujours, les coups encore
J'en ai reçu plus qu'à mon tour
J'en ai reçu jusqu'à ce jour

J'ai quitté mon petit village
Emportant pour seuls bagages
Des restes de rêves d'enfant
Des gentils qui gagnent à la fin

J'ai marché jusqu'à vous
J'ai eu peur je l'avoue
À chaque pause, chaque trêve
Mille fois j'ai fait ce rêve
Je lisais mon nom sur vos lèvres

Les petits chemins retirés
Les routes fleuves et les forêts
Les vastes plaines et les plateaux
Les grandes villes comme en photo
J'ai marché tant que j'ai pu
Tant de fois je me suis perdu
Les trains, les camions, les bateaux
Les coups de blues, les coups de couteau

J'ai marché jusqu'à vous
Je suis là voyez-vous
Mille fois j'ai fait le vœu
Je vous en fais l'aveu
De me voir un jour dans vos yeux

Combien de pays traversés
Combien de frontières dépassées
Et me voilà, m'en voulez-vous
Je n'avais pas pris rendez-vous

De mon histoire vous savez tout
Arrivé seul et sans le sou
Mais surtout arrivé en vie
Comprenez pourquoi je souris

Chapitre 18

Les yeux d'Elsa

Paris, jeudi 29 octobre 2015

En cette douce soirée d'automne, Elsa et Mohamed déambulent dans les rues de Paris, puis le long du canal Saint-Martin. Ils s'arrêtent quelques instants sur un banc. Mohamed sort un petit paquet de son sac à dos et l'offre à Elsa :

- Tiens, c'est pour toi.

- C'est quoi ?

- Ouvre, tu verras bien.

Il la regarde défaisant le paquet minutieusement, il la voit découvrant tout sourire le livre qu'il vient de lui offrir ; et il rit à son tour en l'entendant lire à voix haute le titre de l'ouvrage : « *Le cœur à l'outrage* ».

« C'est un recueil de poésie, j'espère qu'il te plaira. » Mohamed demande alors à Elsa s'il peut le lui emprunter quelques instants, « tu permets ? » Il le feuillette, puis s'arrête sans hasard à la page cent quarante-quatre :

Je n'ai pas grand-chose à vous vendre
Pas grand-chose à vous offrir
Que des histoires venues de loin
De ces pays que j'ai connus
De ces gens fous, de ces gens bien
De ces gens comme il n'y en a plus

C'est drôle comme ces quelques vers portés par la voix de Mohamed semblent avoir touché Elsa. Car si sa bouche n'en dit mot, ses grands yeux, bavards comme ils peuvent l'être parfois, brillent en cet instant d'un éclat qui en dit long... Délicatement, elle reprend le livre des mains de Mohamed, elle en tourne les pages une à une semblant rechercher à son tour un poème qu'il lui plaira de lire à voix haute. Elle le trouve à la toute fin du recueil :

Il est loin le Paris d'Apollinaire
Celui qui nous laissait quelques rues sans lumières
Ce Paris offrant même à qui savait attendre
Entre le pont Mirabeau et le pont Alexandre
Quelque instant de répit, quelques pieds de silence
Qu'il est loin ce Paris et pourtant
Il absorbe, il attire les loups et les amants
Irascible et fumant
Désuet à ses heures
Irrésistible aimant
Indescriptible odeur
Paris
Des éboueurs est devenu le paradis

La cité des mille lumières engloutit, gourmande et insatiable
Elle tournoie en riant, et dans sa soif incommensurable
Elle se nourrit de rêves, de peines et de frustrations
Et s'enivre de joies jusqu'à la déraison

Ô Paris
Le temps court à travers tes rues
À bout de souffle, les pieds endoloris
À la recherche d'une seconde suspendue
D'un instant d'éternité perdue
Mais toi, insolente, tu bats la mesure
Ivre de cette valse qui nous emporte à vive allure
Et tu comptes, implacable
Les minutes qui s'écoulent comme emportées par le diable...

Elsa n'en termine pas la lecture. La fin de ce poème, elle se la garde jalousement pour plus tard. Refermant le livre, elle lève les yeux vers Mohamed : « C'est vraiment très joli ! Je crois que je vais beaucoup aimer, merci encore ! » Puis, regardant une nouvelle fois la couverture : « *Le cœur à l'outrage*, de Mohame... »

Cela faisait de longues minutes que Mohamed jubilait intérieurement du joli tour qu'il était en train de jouer à Elsa. Elle n'avait pas fait attention, elle n'avait pas vu, elle n'avait pas lu le nom de l'auteur, certainement parce qu'elle était à mille lieues de penser que ce pouvait être Mohamed. La voilà désormais complètement chamboulée :

- Mohamed Gouja ! C'est toi !? C'est bien toi !?

- *Fier et souriant.* Oui Madame ! Gouja sans « t ».

- Attends, tu as écrit tout un recueil de poésie, sans jamais m'en avoir parlé !?

- *N'arrivant pas à se départir de son large sourire.* On a tous nos jardins secrets. Tu n'es pas vexée au moins ?

- Non, mais non, bien sûr que non. C'est génial ! Depuis combien de temps tu y travailles ?

- Ça fait presque trois ans.

- *S'arrêtant de sourire.* Trois ans ! Tu parles d'un jardin secret...

- Tu es fâchée.

- Mais non !

- Si, je le vois, quand tu fais cette tête c'est que tu es contrariée.

- J'aurais aimé que tu m'en parles c'est vrai, que tu me mettes dans la confidence, que tu me demandes mon avis, tout ça... Mais franchement comment veux-tu que je sois fâchée ? Je suis trop heureuse pour toi ! C'est juste... incroyable !

Elsa se lève du banc, brandit le livre, et se lance dans une imitation de Monsieur Loyal : « Mesdames, mesdemoiselles, messieurs, the one and only one Mohamed Gouja, désormais disponible chez tous les bons libraires ! » Mohamed l'interrompt aussitôt :

- Euh... non, pas vraiment. Enfin, pas encore. Je viens juste de finir de l'écrire, et je n'en ai fait imprimer que trois exemplaires pour l'instant : un pour moi, un pour toi, et un pour Gilles. Et donc voilà, en fait, je crois que tu vas pouvoir m'aider un peu quand même.

- Avec plaisir ! Mais avant ça je peux te poser une question ?

- Oui bien sûr !

- Il y a une poésie sur moi ?

- Ahah ! Mais oui évidemment !

- Je le savais !

- Je l'ai appelée « Les yeux d'Elsa » : « Tes yeux sont si profonds que j'y perds la mémoire... »

- *Prenant l'air de celle qui n'a pas vraiment apprécié la plaisanterie.* Très drôle !

- Désolé mais que veux-tu !? Tu t'appelles Elsa, c'est pas de chance ! Comment peut-on écrire sur Elsa après Louis Aragon !? Pourrait-il y avoir des poèmes dignes de ce nom parlant d'une autre Elsa que de la sublime Elsa Triolet ? Je sais que je n'ai peur de rien, mais ça non ! Je n'oserais pas.

- *Reprenant son sourire.* Ça va tu t'en sors bien ! Dis-moi ce que tu voudrais que je fasse.

- Je voudrais que tu lises ce recueil à la maison tranquillement, et que tu me donnes sincèrement ton avis. Si tu penses que ce n'est pas encore mûr ou qu'il vaudrait mieux que je le retravaille un peu avant de chercher à le publier, dis-le moi franchement, s'il te plaît. N'hésite surtout pas.

- *Regardant une dernière fois le livre, puis le rangeant dans son sac.* D'accord !

Vendredi 13 novembre 2015

PARIS AT NIGHT

« Trois allumettes une à une
allumées dans la nuit
La première pour voir ton visage tout entier
La seconde pour voir tes yeux
La dernière pour voir ta bouche
Et l'obscurité tout entière pour me rappeler tout cela
En te serrant dans mes bras. »

Jacques Prévert

Chapitre 19

Si un jour je tombe

Samedi 14 novembre 2015

Elsa,

Je ne sais pas où tu peux être en cet instant précis. Je souhaite, j'espère plus que tout que tu es bien à l'abri désormais, debout et en bonne santé ; que les balles t'ont épargnée. Je le crois, je le sais, je le sens, ils n'ont pas pu t'atteindre, je ne les aurais pas laissés faire, tu sais.

De mon côté, tout va bien, enfin je crois. C'est étrange, je ne sais pas exactement où je suis, ni quand je pourrai en sortir, mais bon, comme tu peux le voir, c'est bien moi qui t'écris, alors voilà, tu n'as pas à t'en faire et c'est bien là l'essentiel.

Il me tarde de te retrouver, très bientôt je l'espère, que je puisse te prendre dans mes bras, me rassurer pour de bon, pour de vrai, te sentir, te toucher...

Hier soir... Non, je ne veux pas en parler, pas maintenant, pas avant de t'avoir vue, car c'est bien la seule chose qui compte à mes yeux.

À très bientôt

À tout de suite

Je t'attends, ne traîne pas s'il te plaît.

Mohamed,

Peux-tu m'entendre ? Peux-tu me voir ?

Je suis là, près de toi, et j'y resterai jusqu'à ce que tu ouvres les yeux.
Un mois, un jour, un an, dix ans... Peu m'importe, je serai là et toi seul sais pourquoi.

Je t'en veux mon amour !
Je t'en veux, tu le sais.
Je t'en veux d'hier soir.
Je t'en veux et j'ai peur.

Je t'en veux de t'être ainsi jeté sur moi.
Je t'en veux d'avoir pris les coups et les éclats qui m'étaient destinés.
Je t'en veux autant que je t'aime.
Peux-tu sentir combien je suis effrayée de te perdre ?
De devoir m'endormir chaque soir du reste de mon existence
En me disant que jamais plus... je ne pourrai sentir ta présence.
Ni même voir cet air sévère que tu as quand tu es fâché !

Oh oui fâché tu l'es souvent, et souvent pour des petits riens :
Contre les autres qui n'avancent pas quand au volant tu es pressé,
Contre moi qui souris quand tu fulmines !
Contre le ciel d'humeur changeante et cette pluie que tu maudis,

Et moi qui ris encore plus fort, car j'aime tellement te voir ainsi.
Réveille-toi s'il te plaît,
Réveille-toi et mets-toi à jurer comme tu sais si bien le faire.
Emporte-toi ! Et de ta bouche laisse-moi voir s'envoler
Ces mille milliards de noms d'oiseaux qui ne demandent qu'à chanter.
En français, en arabe, et même dans la langue berbère,
Jure devant les hommes et jure devant ce Dieu auquel tu sais je ne crois pas,
Lui à qui tu te confies chaque jour dans tes prières.
Disputons-nous à son sujet comme nous le faisions hier !

Réveille-toi s'il te plaît qu'on puisse remettre ça encore,
Compter les points, les arguments, les paraboles, les métaphores,
Pour enfin comme à chaque fois, s'accorder sur nos désaccords.

Réveille-toi, et là c'est moi qui te le jure,
À l'instant même où tes paupières me feront signe,
je cesserai de t'en vouloir d'avoir pris ma place sur ce lit.

Tu te souviens l'hiver dernier ? Ce soir où tu m'avais fait tout un discours sur les « héros » à la télé et au cinéma : ces beaux jeunes hommes propres sur eux, bien coiffés, muscles saillants, sourires « émail diamant ». Tu me faisais tellement rire, jaloux que tu étais qu'aucun d'entre eux ne puissent ressembler à Mohamed Gouja l'enfant de Tunis ! Je t'avais répondu, comme pour te narguer, que c'était normal que des héros de productions américaines soient Américains, et qu'ils correspondent au fantasme de la « desperate housewife américaine », pas forcément portée sur la beauté tunisienne. Je me souviens aussi t'avoir dit que si tu voulais trouver des héros à ton image, tu n'avais qu'à aller les chercher dans les films du Maghreb... J'étais sérieuse évidemment, mais toi, tu croyais que je me moquais, alors tu avais terminé la discussion en me disant : « Mais oui, bien sûr qu'il y a de très beaux films maghrébins avec de très beaux héros ! Tu serais étonnée ». La semaine d'après, tu m'emmenais voir « Printemps tunisien ». À la sortie du cinéma, tu m'avais regardée d'un air presque inquisiteur en me demandant :

- Et alors ?
- Et alors, le héros est vraiment très très beau !

On avait bien ri tous les deux ce soir-là !

Je te raconte tout ça là maintenant, parce que je veux te dire que tu n'avais pas besoin de faire ce que tu as fait pour moi hier soir pour être mon héros. Tu l'étais déjà bien avant ça, le plus beau d'entre tous. Et tous ces acteurs américains aux cheveux gominés peuvent aller se rhabiller ! Mais à vrai dire, héros, je n'aime pas ce mot. Je ne veux pas que tu sois mon « bodyguard », mon Kevin Costner tunisien. Ma bonne étoile, ça d'accord ! Celle qui veille sur moi, qui me protège, qui m'aide à y voir plus clair, oui ! Mais pas celui qui prend les coups à ma place !

Ça, il n'en est pas question, tu m'entends !? Promets-moi que tu ne le feras plus. Jamais.

Et maintenant, réveille-toi s'il te plaît.

Pendant ce temps, à la fenêtre un oiseau chante :

J'suis qu'un bandit,
De p'tits chemins de traverse
Et à force de te regarder
Une drôle d'idée me traverse
Si on se cassait tous les deux
Si on se faisait la malle
Si pour de vrai avant d'être vieux
On faisait valser l'ordre moral

Le cœur à l'outrage

On les emmerde, on prend la poudre d'escampette
On s'arrache loin des grincheux
Des croquants et des grosses têtes
On prend la tangente façon brebis égarée
Et gare au panneau
Qui nous dit qu'la route est barrée

Mais si je retombe
Retombe dans mes travers
Retiens-moi pour pas qu'je tombe
Et même si le monde me regarde de travers
Promets-moi de me relever si un jour je tombe

J'suis sur un gros coup
Hold-up monumental
Je voudrais qu'on se fasse ça tous les deux
Façon Bonnie and Clyde
On débarque, on braque
On embraye on embarque

Des gros sacs de rêves à deux balles
Des lingots d'utopie en vrac

Voler du bon temps
C'est pas ce qu'il y a de moins dangereux
C'est pas de bon ton à notre époque
Et ça peut faire des envieux
Ouais je débloque
Et alors
Me dis pas qu'une vie de bohème avec toi
Ça vaut pas de l'or

Mais si je retombe,
Retombe dans mes travers
Retiens-moi pour pas que je tombe

Et même si le monde me regarde de travers
Promets-moi de me relever si un jour je tombe

Horreur, malheur deux pauvres fous en cavale
Au pays du grand capital
T'imagines déjà le scandale
Nos têtes en première page du journal
Attrapez-les écrit en grosses lettres capitales

Tous les deux à la belle étoile
Sous l'œil de la lune rousse
Pendant que le shérif et son étoile sont à nos trousses
Et quand bien même, si un jour ils nous arrêtent

Si je dois tomber dans tes bras
Je veux bien prendre perpète

Mais si je retombe,
Retombe dans mes travers ;
Retiens-moi pour pas que je tombe
Et même si le monde me regarde de travers
Promets-moi de me relever si un jour je tombe

Chapitre 20

Une histoire de poètes aux allures de pirates

Ma douce Elsa,

J'ai rêvé de toi cette nuit. Tu étais penchée sur moi et tu me tenais la main.

Je t'entendais me donner des nouvelles du monde, de nos amis, de nos familles... Tu me disais que mon père, ma mère, mes frères et mes sœurs étaient sur la route, qu'ils n'allaient pas tarder à arriver. C'était un rêve très étrange, tu semblais triste, et je pouvais deviner sur tes joues quelques larmes que tu essayais de tenir pour discrètes. Et puis, des fois, les yeux encore humides, tu te mettais à sourire tout à coup, et même à rire en me parlant de nous...

Moi, j'étais surtout heureux de te voir ainsi debout et en bonne santé ! Quelques petites éraflures à peine, j'avais du mal à y croire. Et, paradoxalement, maintenant que j'y repense, je me dis que ça ne pouvait pas n'être qu'un rêve. Tu me connais, tu sais comme j'aime voir des signes en toutes choses. Alors pour moi, ce songe ou cette vision, c'était comme un message pour me dire : « tout va bien, ne t'en fais pas pour elle ! » J'aimerais que, de la même manière, tu ne t'en fasses pas pour moi.

Mon beau Mohamed,

Tu te souviens de ce poème qu'on avait écrit tous les deux à notre retour de Tunisie ? Je crois qu'il m'a appelé cette nuit dans mon sommeil. Aussi, la première chose que j'ai faite en me réveillant ce matin, c'est d'aller le récupérer au fond de ma petite boîte aux lettres en carton. Je l'aime ! Je le trouve tellement beau et il résonne tellement fort en moi aujourd'hui...

J'ai rêvé de vous ma princesse Didon
Oui, ce rêve était fou autant que nous l'étions

Un oiseau s'envolait là sous nos yeux d'enfants
Et le vent doucement nous poussait droit devant

L'océan pouvait bien fleurir jusqu'à nos pieds
Nous offrir ses richesses ses perles et ses beautés

Je n'en avais que faire Elyssa voyez-vous
Mon cœur et mon âme n'avaient d'yeux que pour vous

Pourrais-je être surprise par de si doux aveux ?
Je crois avoir déjà lu ces vers dans vos yeux

C'était un matin. Où ? Je ne sais plus
Nous étions, souffles courts, amants fous éperdus

Les miens eux aussi vous disaient bien des choses
Ils racontaient l'histoire de deux êtres en osmose

Le cœur à l'outrage

Une histoire de poètes aux allures de pirates
Car la vie est trop courte pour ne jamais se battre

Pour ne jamais écrire, pour ne jamais aimer
Pour ne jamais sourire, pour ne jamais danser

Sur un vieux youyou bleu nous voilà embarqués
Il est bien trop petit pour qu'on puisse l'encombrer

De ces gens, de ces ondes négatives et amères
Qu'ils restent à quai, peu importe ou se jettent à la mer

Partons et loin d'eux prenons toute entière
Notre part au combat, notre part de lumière
Notre part de bonheur, notre part d'insouciance
Notre part de labeur, notre part de souffrance

Ce qui nous est permis, ce qui nous est offert
Dans un monde endormi où tout est à refaire

Notre pain, rien de plus, notre aller sans retour
Notre part de romance, de passion et d'amour

Chapitre 21

Je ne rêve plus

Elsa,

Cela va faire bientôt un mois, peut-être plus, je ne sais pas...

Je n'ai pas de nouvelles.

Parle-moi s'il te plaît, réponds-moi je t'en prie. Écris-moi même « merde ! » ou « va te faire voir » ou je ne sais quelle autre insulte que je serais heureux de lire.

Mais pas ce silence, pas ce néant, pas ce rien qui me laisse croire au pire. Prête-moi un mot, offre-moi un geste, donne-moi un signe... Tu me connais, tu sais combien je peux gamberger quand je m'y mets, combien je peux être soucieux et inquiet, combien les idées les plus noires peuvent très vite s'emparer de mon esprit...

Parle-moi, ou reviens me voir même en rêve comme l'autre fois. Oui s'il te plaît ! Cela fait trop longtemps que je ne rêve plus ! Ni de toi, ni de nos amis, ni de ma famille. Je ne vois plus personne... Il fait vide autour de moi, je ne sais pas quoi en penser.

J'attends. Je me passe et me repasse mille fois le film de ma vie. Je me projette sur l'après, sur le sens qu'on pourra donner à tout ça quand on se retrouvera. Et puis, bien sûr, je repense à cette maudite soirée. Je repense à cet instant où je vois cet homme cagoulé, entrer dans ce café, crier « Allah Akbar » et se mettre à nous canarder...

Tu te souviens cette lettre que je t'avais écrite, au mois de mars de cette année, après les attentats au musée du Bardo ? Jamais je n'aurais cru que quelques mois plus tard l'histoire se répéterait encore dans les rues de Paris, et que cette fois ; on serait tous les deux en première ligne, face à un autre de ces soldats maudits.

Je ne sais absolument pas ce qu'on pourrait, ce qu'on devrait faire, pour combattre ces gens-là et mettre fin à cette folie... Mais dans tous les cas, te retrouver serait déjà une belle victoire !

Enfin voilà, j'ai l'impression de parler seul et tu sais que je n'aime pas ça.

Ce n'est pas tant l'attente que la solitude et l'incertitude qui me pèsent aujourd'hui.

Fais-moi signe, je t'en prie.

Chapitre 22

Quelques milliards de secondes

Mohamed,

Tout ça peut paraître dérisoire aujourd'hui, mais avant qu'il ne se passe ce qui s'est passé ce maudit soir, j'allais te reparler de ton livre, de ton recueil : j'ai adoré tu sais. Depuis que tu es ici, plongé dans cet interminable coma, je l'ai relu, une fois, deux fois, dix fois. J'aime ta poésie, je te l'ai déjà dit ?

Tu le sais, on en a déjà parlé mille fois, on est tous les deux un peu comme ce poème de Victor Hugo « ceux qui vivent sont ceux qui luttent ». On pourrait ajouter : ceux qui vivent sont ceux qui luttent et qui aiment. Tes poèmes sont faits de ça : d'amour et de combat, de rêve, de révolte et d'espoir ! Et moi aujourd'hui j'ai besoin d'espoir, j'ai besoin de croire encore que demain ou après-demain, ce foutu docteur viendra enfin nous donner une bonne nouvelle !

Le 21 novembre, alors qu'on était tous là : ton ami Rachid, Zohra et tes autres sœurs, tes deux frères, ton papa, ta maman et moi... il nous disait que les signaux étaient au vert, qu'ils allaient baisser l'assistance respiratoire jusqu'à ce que tu puisses te réveiller. Tu nous aurais vus, tous heureux qu'on était, à nous prendre dans les bras les uns les autres, à espérer ton réveil...

Ça n'a pas marché ! Et suite à ça, au contraire, ton état s'est dégradé.

Le 5 décembre, j'ai cru mourir quand le docteur nous a dit qu'il fallait peut-être désormais nous attendre au pire.

Je sais que tellement de gens ont perdu des proches ce jour-là ! Je sais que je ne serais pas la première, ni la dernière, mais qu'ils me pardonnent d'être à ce point égoïste : je ne veux pas te perdre, je ne vais pas te perdre, je ne vais pas te lâcher, je ne vais pas te laisser partir. Désolée, le temps n'est pas encore venu pour toi de t'en aller !

Continue de te battre s'il te plaît, si tu m'entends, continue de te défendre comme tu l'as si bien fait jusqu'à aujourd'hui. Les docteurs n'en reviennent pas tu sais !? Tu aurais dû y passer, une fois, deux fois, dix fois... mais non ! Mesdames, messieurs, amies terriennes, amis terriens, Mohamed Gouja n'en a pas fini avec vous !

Tu t'es battu comme un beau diable, tu ne les as pas laissés gagner ! Ne lâche pas maintenant s'il te plaît. Reviens. Je t'attends. On t'attend tous...

Pendant ce temps, à la fenêtre un oiseau chante :

Tous les chemins que nous avons suivis
Tous nos détours nous ont menés ici
Ici, ensemble et maintenant
Tout devient tellement plus évident

Le cœur à l'outrage

Tant de fois nous nous sommes perdus
Tant de fois nous nous sommes cherchés
Tant de fois nous avons cru
Que jamais, oh jamais nous ne pourrions y arriver

Soyons de ceux qui pensent encore
Qu'il y a bien une vie avant la mort
Si elle était la juste dans nos yeux
Ne demandant qu'à briller de mille feux

Et quitte à nous brûler les ailes
Si nous nous embrasions avec elle
Si nous la laissions nous emporter
Loin des vents mauvais

Je veux sentir nos âmes sur la même longueur d'onde

D'une seule chose soyons coupable
D'avoir osé nous et nos semblables
Ouvrir nos cœurs, nos corps et nos êtres
à tous ces improbables « peut être »
Toutes ces choses inaccessibles
Pour qui ne croit pas en l'impossible
Si elles étaient la, juste sous nos pieds
Si nous n'avions qu'à les ramasser

Comme ceux la qui ont écrit notre histoire
Ces âmes rebelles en nos mémoires
Au pied du mur qu'ils ont bâti
Saurons-nous relever le défi
Saurons-nous enfin nous reconnaître
Saurons-nous enfin nous reconnecter
Sommes-nous sur la même longueur d'ondes
Positive et vagabonde

Je veux sentir nos âmes sur la même longueur d'onde

Avant qu'aujourd'hui ne s'achève
Avant que demain ne nous enlève
Profitons de ce voyage sans retour
Le ciel peut bien attendre encore un jour

Nos voix, nos rêves à l'unisson
Nos sourires, nos larmes, nos frissons
Ici le temps ne nous est pas compté
Dans cet instant d'éternité

Je veux sentir nos âmes sur la même longueur d'onde
Positive et rebelle, nomade et vagabonde
Ce soir la lune est pleine les étoiles sont fécondes
Faisons attendre le ciel quelques milliards de secondes

Chapitre 23

Joyeux Noël à deux au bord de l'eau

Mon cher, mon très cher Mohamed,

Mon beau, mon tendre, mon grand poète révolutionnaire,

Les nouvelles sont belles, les nouvelles sont bonnes. Le docteur me dit de ne surtout pas m'emballer, que rien n'est sûr, mais voilà, ce matin je crois que j'ai eu mon cadeau de Noël : tu progresses, tu avances. Les docteurs te maintiennent encore dans un coma artificiel, et il se pourrait que dans les prochains jours, ils t'accompagnent petit à petit jusqu'au réveil. Encore une fois, ils ne cessent de me dire que la route est longue et qu'on n'a aucune certitude sur la suite, mais enfin voilà, j'y crois, pour de vrai, pour de bon !

J'ai lu que les personnes plongées dans le coma pouvaient réagir à la musique, alors je t'ai fait une petite playlist, et désormais, chaque jour, tu pourras entendre toutes ces chanteuses et tous ces chanteurs que tu adores : Brel, Ferrat, Fayrouz, Dylan,

Marley, sans oublier bien sûr la divine Billie Holiday... Elles et ils seront là pour t'accompagner jusqu'à nous, tu n'auras qu'à suivre le son de leurs voix.

Aussi, je sais que ce n'est pas encore la nouvelle année, mais j'ai pris une autre résolution : te lire chaque jour un poème de cet auteur de grand talent, je ne sais pas si tu en as déjà entendu parler : Mohamed Gouja.

Tiens, il y a celui-là qui me plaît beaucoup. Bon je sais que je ne m'appelle pas Elsa Triolet, mais je suis sûr qu'il a dû l'écrire en pensant à moi, au moins un peu. Et de toute façon, s'il n'est pas d'accord, il n'a qu'à se réveiller sur le champ pour me contredire ! Enfin, je veux bien que tu te réveilles pour me signifier que l'inspiration de ce poème est parfaitement imaginaire, mais certainement pas pour me dire que tu pensais à une autre, alors ça, non !

Comme tu peux sans doute le voir, depuis que le docteur m'a parlé tout à l'heure, je baigne dans une douce euphorie ; c'est plus fort que moi, je ne peux pas m'empêcher de rire et de sourire toute seule, enfin non, pas toute seule, tu es là avec moi. Je t'imagine dans tes pensées, à grogner un truc du genre : « Elsa ! N'oublie pas ce que t'ont dit les médecins, la route est encore longue... blablablabla ». Allez chut, écoute :

La brume recouvre encore le lit de la rivière
Sur l'eau calme, posées telles qu'on les a laissées
Fines branches de lierre qu'on ne saurait défaire
Nos deux âmes endormies, nos deux corps enlacés

Cette mer de coton, au-dessus de nos têtes
Cette mer entêtée ne veut pas disparaître
Et la montagne cache un soleil naissant
Un soleil qui cogne déjà l'autre versant

Le cœur à l'outrage

C'est toujours lui qui gagne, inévitablement
Et le rouge et le jaune viendront chasser le blanc
Profitons tant qu'on peut de la fraîcheur du matin
Serions-nous seuls au monde ? Voguerions-nous si loin ?

Loin des hommes et du bruit, du fracas de la ville
Loin du cirque incessant et loin des courses folles
De ces files sans fin, des autos immobiles
De ces bourses qui flambent sous l'envolée du pétrole

Si près de ce qui semble être pour nous la vérité
Voyage sans autre but que celui de voyager
Dans tes yeux, je devine une barque sans pagaies
Je m'y vois perdre le fil d'enivrantes pensées

Au diable nos foutues futilités indispensables
Celui qui croit en l'impossible est destiné à l'incroyable
Alors crois-moi, je t'en prie, quand je te dis, tellement sûr
L'amour ne se conjugue, ni au passé, ni au futur

Là-bas sur le béton, nous attendent mille besognes
Nos vestes et nos manteaux, nos vieux habits de vergogne
Là-bas, en cet instant, n'est rien d'autre qu'une hypothèse
Gardons à l'abri du temps, notre précieuse parenthèse

Alors après, alors plus tard, tremblants, essoufflés et humides
En rejoignant le rivage, les yeux perdus, le regard vide
Nous deviendrons, croient-ils, sérieux, raisonnables et lucides
Nous redeviendrons sages, jusqu'à ce que l'un nous décide

Qu'il est grand temps de s'en aller voguer sur l'eau de la rivière...

Chapitre 24

Il y a des jours

Je viens t'apporter un poème,
Parce que les fleurs, c'est périssable...

Dans ton recueil, il y a aussi celui-là que j'aime beaucoup. Je ne peux pas m'empêcher de faire le parallèle avec notre histoire. Tu parles d'un amour oscillant entre douceur, doutes et espoir.

Et moi, depuis que tu es là, allongé sur ce lit, c'est très exactement ce que je ressens. Il y a des matins où je me lève en me disant : « Aujourd'hui c'est sûr, il se réveillera ! Comme ça, sans prévenir, il ouvrira les yeux ». Et il y en a d'autres, où au contraire, j'ai comme une affreuse boule au ventre, un mauvais pressentiment qu'une sombre nouvelle m'attend... Mais comme tu le dis si bien à la fin du poème, au plus profond de mon être, au-delà de mes doutes et de mes craintes légitimes, je le sais, je le sens, je le vois, chaque jour te ramène à moi.

Le cœur à l'outrage

D'abord, il y eut ce jour, c'était là-bas rappelle-toi
Mes yeux posés sur toi, espiègles et curieux à la fois

Bien des jours sont passés depuis, la lune en est témoin
Aucun ne ressemblait à l'autre, chacun d'eux avait ton parfum

Il y a des jours bien trop courts, quand bien trop vite je m'envole
Il y a des jours où je voudrais ne jamais retoucher le sol

Un jour, je t'écris ces quelques mots d'un hall de gare
« Un jour bientôt je te le jure je reviendrai sans crier gare »

Un jour, je me souviens de cette étincelle dans tes yeux
Un autre jour je suis injustement jaloux et ombrageux

Un jour, je nous revois tous les deux dans la nuit noire
Et puis déjà le jour lève et sur tes lèvres je m'égare

Il y a des jours où je l'entends, cette voix trouble qui me dit
« Ménage ton cœur et ton esprit, oublie un peu cette fille »

Ce jour n'est pas bien long, et ses mots peinent à me séduire
Très vite un autre jour s'en vient, et Dieu que j'aime te voir sourire !

Les uns sont des caresses débordant de rire et d'amour
Les autres, des silences ornés de doutes et de détours

Hier comme aujourd'hui ; demain comme autrefois
Les jours s'en viennent et se défilent, et chacun d'eux me mène à toi

Chapitre 25

Ce soir nous irons au bal

Vendredi 1er janvier 2016

Ma douce Elsa,

Je t'ai vue à nouveau ! Hier ou cette nuit ou tout à l'heure, je n'ai pas trop la notion du temps. Tu étais là, vous étiez tous là autour de moi. Vous vous souhaitiez et vous me souhaitiez une belle et heureuse année 2016. Vous étiez beaux ! Il y avait aussi des bruits de machines et des gens un peu plus loin qui marchaient, qui parlaient, je les entendais, comme je les entends encore là, maintenant.

Je crois comprendre enfin ce que tout ça signifie, je crois comprendre enfin où je suis et ce qui m'arrive. Et donc, tout ça n'est définitivement pas un rêve.

Je suis certainement dans une chambre d'hôpital, dans je ne sais quel service de ré-animation. Cela doit faire au moins un mois que je suis là, peut-être deux... Si j'ai pu vous voir et vous entendre, c'est que je dois certainement commencer à « reprendre du service » comme on dit.

À la fois, ça me fait peur et ça me rassure. Tout va bien ne t'en fais pas. Tout à l'heure quand tu me prenais la main, j'essayais de serrer aussi fort que je le pouvais, peut-être as-tu pu sentir le début d'un frémissement. Et puis, j'essayais aussi de te suivre des yeux, et de te sourire un peu, tu as dû t'en apercevoir, enfin je l'espère. Je crois que nos regards se sont croisés, je crois qu'on s'est dit des choses, je crois qu'on s'est compris.

Je reviens mon Elsa ! Demain, après-demain, ou à peine plus tard, dans tous les cas, je reviens ! Bientôt, très bientôt. Et je ne partirai pas, je ne partirai plus.

Il me tarde de vivre cet instant précis où j'ouvrirai les yeux, et où je pourrai voir enfin un large sourire se dessiner sur ton visage. Il me tarde de me réveiller pour de vrai, de te prendre dans mes bras, enfin il est bien plus probable que ce soit toi qui te pencheras sur moi. Cela m'ira très bien ! Il me tarde de reprendre le cours de notre vie.

On en était où au fait !? On buvait un verre c'est ça !? Et ensuite, dis-moi si je me trompe, il était question qu'on aille danser tous les deux, n'est-ce pas !?

Alors, d'accord, tu peux compter sur moi, je suis ton homme ! Avant les douze coups de minuit, promis, je serai sur pied, et nous irons célébrer comme il se doit cette nouvelle année ! Nous entrerons en piste, toi et moi, sous le regard jaloux des autres couples incrédules.

Le cœur à l'outrage

Ils voudront nous diviser du premier
jusqu'au dernier
Chercheront à petit feu à étouffer nos libertés
Finiront-ils par nous arracher nos sourires ?
Rompre l'espoir de se revoir, les chances
de se réunir ?
Face à l'abomination venue tout droit
d'un autre âge
Sans lois, sans exceptions, allons tous danser sous l'orage

Ce soir nous irons au bal !

Pour combien sommes-nous fous, avons-nous
tort de croire encore
Que nous sommes frères sur cette terre,
âmes sœurs de cœur et de corps
Nous, tout ce que l'on veut, tout ce que l'on désire
Aimer la vie tant que l'on peut, et puis qu'on nous laisse sortir
Telle sera notre résistance : face à la peur,
ne pas céder
Notre joie, notre délivrance, renversons la table, allons danser

Ce soir nous irons au bal !

« Le tonnerre gronde en cet hiver, restez au chaud chez vous »
« bonnes gens, laissez-nous faire !
Nous nous occupons de tout »
Devrions-nous les écouter, attendre
que vienne l'été ?
« Au grand soleil, mon général !
Au son de l'hymne national »
Oui ! dehors il pleut mais cette pluie est délicieuse
Dehors la vie est belle, que diable est-elle dangereuse

Le cœur à l'outrage

Ce soir nous irons au bal !

Chaque goutte qui tombe sur chacun de nos visages
Comme un éclat, comme une fronde,
nous donne du cœur à l'outrage

Dansons ensemble au son du luth
Dansons debout sans autre but
Que d'être là, que d'être nous
Que d'être heureux, que d'être fous

Dansons dehors et même pire
Dansons encore quand d'autres tirent

Oui ! Ce soir nous irons au bal
Ce soir nous danserons de plus belle

Nous danserons ma belle
Tous les deux, entre les balles

Épilogue

Le cœur à l'outrage

Au lendemain des plus grands drames, souvent cachée sous les décombres, il y a toujours, survivante improbable, une belle et authentique histoire qui ne demande qu'à être retrouvée, qui ne demande qu'à être racontée.

La voyez-vous, là-bas, cette fleur qui surplombe les gravats ? Comment a-t-elle bien pu faire pour se hisser-là ? Pour pousser et naître ici dans ce royaume de poussière, entre les cailloux et les pierres ?

Elsa et Mohamed tenaient-ils sans doute trop à la vie. Ils tenaient trop l'un à l'autre pour s'en aller cette nuit. Peut-être bien qu'au milieu du chaos quand les balles passaient autour d'eux au ralenti, ont-ils eu le temps de se dire : « On n'en pas encore fini. Après ce soir, il y aura d'autres soirs, des centaines, des milliers d'autres soirs ».

Mohamed se réveilla le 9 janvier 2016, et il sortit de l'hôpital le 1er février. Elsa le ramena chez elle, en lui disant que s'il était toujours d'accord pour envisager la chose, elle souhaitait qu'il n'y ait désormais, plus de « chez elle », ni de « chez lui ».

Ils purent tous deux aller au bal le 1er avril, ou plutôt devrions-nous dire le 32 mars : un bal à la belle étoile, en plein air à Paris. Un bal en plein état d'urgence.

Il fallait les voir, pauvres fous qu'ils étaient, à danser sans orchestre et sans musique, à tournoyer main dans la main aux quatre coins de la place de la République, sur un plancher de béton, au milieu de centaines d'autres fous, qui s'étaient décidés ce soir-là à passer la « Nuit Debout » !

De ce combat, Elsa et Mohamed n'en seront pas. Le lendemain, à la première heure, ils s'envolaient pour ailleurs, ils s'envolaient pour longtemps. Ils prenaient le large, ils prenaient le vent. Reprenant leur âme d'enfant comme on enfile un sac à dos, ils se promettaient alors de ne plus jamais vieillir.

Les montagnes n'ont pas bougé d'un pouce depuis des millions d'années, les étoiles ne sont pas prêtes de s'éteindre là sous nos yeux, et pas sûr que quelqu'un arrive à décrocher la lune au cours des prochains mois. Elsa et Mohamed le savent mieux que personne : il y aura toujours autant de combats à mener, autant de poèmes à écrire et à déclamer, au grand soleil ou à la nuit tombée...

Ils reviendront n'en doutons pas, bien assez tôt ou bien plus tard, pour à nouveau prendre leur part. Et, soyez-en sûrs, ils auront encore le cœur à l'outrage.

« Ils vécurent enfants,
et firent beaucoup d’heureux. »

Anonyme

L'auteur a bénéficié d'une mission Hors Les Murs Stendhal de l'Institut français pour la préparation de cette publication.

Table des matières

Chez le même éditeur

Jours tranquilles à Alger, Mélanie Matarese, Adlène Meddi, 204 p., 15 €, 2016.

Comprendre les Malgaches, Loïc Hervouet, 144 p., 15 €, 2016.

Darius, Jean-Benoît Patricot, 70 p., 10 €, 2016.

L'olivier et le Coran, Eric Magamootoo, 48 p., 10 €, 2016.

Méditations sur la beauté, Salih, 64 p., 15 €, 2016.

Achevé d'imprimer en avril 2017
par la Sté ACORT Europe
www.cogetefi.com

Dépôt légal à parution

Imprimé en France